小青春美文

既有趣又有料的另一堂阅读课

谁说这是
月　光

辛岁寒 / 主编

张莹 等 / 著

天地出版社 | TIANDI PRESS

图书在版编目（CIP）数据

谁说这是月光 / 辛岁寒主编；张莹等著. —成都：天地出
版社，2020.5

（"小青春"美文）

ISBN 978-7-5455-5435-9

Ⅰ.①谁… Ⅱ.①辛… ②张… Ⅲ.①散文集－中国－当
代②小说集－中国－当代 Ⅳ.①I217.1

中国版本图书馆CIP数据核字(2020)第000624号

"XIAO QINGCHUN" MEIWEN：SHUISHUO ZHESHI YUEGUANG

"小青春"美文：谁说这是月光

出 品 人　杨　政

作　　者　张　莹　等

主　　编　辛岁寒

责任编辑　李　蕊　江秀伟

装帧设计　高　欣

责任印制　董建臣

出版发行　天地出版社

　　　　　（成都市槐树街2号　邮政编码：610014）

　　　　　（北京市方庄芳群园3区3号　邮政编码：100078）

网　　址　http://www.tiandiph.com

电子邮箱　tianditg@163.com

经　　销　新华文轩出版传媒股份有限公司

印　　刷　三河市宏顺兴印刷有限公司

版　　次　2020年5月第1版

印　　次　2020年5月第1次印刷

开　　本　680mm×960mm　1/16

印　　张　14

字　　数　224千字

定　　价　29.80元

书　　号　ISBN 978-7-5455-5435-9

序

────

　　旅行成了越来越多人寄托心灵的疗养之举。关于旅行的意义，每个人都有每个人不同的说法。有的人说，是在平淡中体味生活的强大；有的人说，是想去找回自己的初心；有的人说，是想拥有继续生活下去的勇气。

　　其实，旅行是关于一场心灵的归途，沿途我们可以领悟各种各样的感悟，有些是来自大自然的震撼，有些是来自不曾相识的陌生人的感动。就好像一片叶子，你粗看它，它是如此平凡，可是当你在路途中看见它被风霜拍打却依旧顽强，你就能看到生命的强大。

　　无涯荒野的时间，爱极了平凡中诞生的勇气。因为它早已看惯了万事万物的更替，更别说谁离开它，谁又悄悄地降临在这世上的哪一个角落的戏码。因此，它最爱的还是那平淡岁月里，不断挣扎、不断顽强的人和事。

　　而我们一路走来，遭遇到的那些打击，都是命运给我们的最好礼物。随着你的每一次奔跑，停止，再奔跑的过程，让你找到活下去的勇气。

　　你可还记得那些渺小到令你无限触动的回忆，那些曾记载你人生喜怒哀乐的片段，那些你终究一个人也挺过去的岁月，那些属于你自己的勇气……

生命的来来往往实在太多，平淡生活里我们所积攒的勇气却伴随着我们一生。但我们常常在追逐的过程中遗忘掉这些生命带来的力量。

大多数人总是一瞬间的清醒，再一时的沉沦，然后一辈子的堕落。总是在最初的时候，带着七分热血，扛着三分炽热去前进，却还未顶过热度，便轻易地放弃，选择安稳享乐。但这不代表就没有人带着勇气，坚持下去。

可我们那么努力地追逐了一辈子，也不过是在做一个普普通通的人。

有人说，人生像坐过山车，起起落落皆正常。有人说，人生更像是一场赌注，输输赢赢都在掌握之中。而我却觉得，人生就像是一场有去无回的旅行，你只有带着勇气，你才能出发去踏寻那些你未涉足的风景。

这或许就是生命的意义。

目录

第一章
充满勇气去选择爱的人生

2

第四章

你是否敢为自己放手一搏

第五章

勇气是逆境中的契机

第六章

活着更需要勇气

第七章
所有独自孤单，终会成为勇敢

第八章

愿你无论多大都有从头再来的勇气

第一章 —— 充满勇气 去选择爱的人生

我坚信，这个世界有无限的阳光，有奔腾的河流，却没有永驻的苦痛。走一段寻找
阳光的路，看一切美好在路上绽放。

不要拿别人的评价给自己设限

作者：慕新阳

前不久，我从朋友圈里看到潇潇在一家外贸公司转正的好消息。

说起潇潇，那是三个月前在一个朋友聚会上认识的。那时，她在为求职的事情忙得焦头烂额，头发被风吹得有些凌乱，神情有些哀伤。简单寒暄过后，我和潇潇就聊开了。我们像是两个久违的好友，聊起过去，谈及未来，一字一句都可以触及内心。

聊起过去，潇潇用九个字做了总结："我敢直面过去的选择。"

潇潇说，高考后选专业的时候，她在志愿表的所有"院校"一栏都填上了医科大学。这个决定有些执拗，引起家人和朋友的种种不解。

以潇潇的高分，再加上将近满分的英语成绩，报一所国内知名的大学，选一门英语专业，似乎才是他们的心愿。就连串门的亲戚也把道听途说的消息告诉潇潇，说当下流行的专业是经济、计算机、通讯工程……

但潇潇还是义无反顾地选择了医学，只因为自己热爱，就算有再好的专业，她都不会多看一眼。可这一填，可惹怒了父亲，原本就紧张的父女关系一下子降到了冰点。

我问她："为什么不先跟家人商量一下再做决定呢？这样家人会给你一些参考，你也可以多听听他们的心愿。"

潇潇说："既然是自己选择的路，我就不会后悔。等他们把我劝动了，我改变了，那就跟原来的初衷背道而驰。所以，与其被他们改变后去后悔，还不如当机立断，遵从自己内心的声音。"

潇潇始终在听从自己的内心。

步入大学，潇潇有一次转专业的机会，尽管有很多人支持，但她仍然不为所动。

到了大二，潇潇的追求者众多，尽管有很多人好言劝阻，可她还是选择了那个离家最远的男朋友——这就意味着，如果他们走到了最后，她就会远嫁。

到了大四，当别人都在备考和实习之间徘徊的时候，她毅然决然地选择了创业，尽管她被别人指责得一无是处，可还是越挫越勇。

最令人惊讶的是，就当家人和朋友都觉得潇潇会把创业坚持到底的时候，她却再次改变了主意。她说，这一次，她决定重拾英语，将来自己要从事外贸工作。

有些路只有自己走过，才会知道是平坦还是坎坷。如果总是踩着别人的脚印去走，即使最后成功了，也会失去一路探寻的快乐。

"干吗这么折腾，都已经 27 岁了，赶紧嫁人生子，过安稳日子不好吗？"

"别人都已经工作三四年了，有的都混得有头有脸了，现在再学还来得及吗？能赶得上别人吗？"

"跑那么远工作干吗，考个老家的公务员不也很好？"

潇潇的性格就是这样，一旦自己确定的事情，八匹马都拉不回来。她常常挂在嘴边的一句话就是："总在意别人的看法，那日子还过不过了？"

　　我们不会随随便便成为别人口中的什么人，我们永远是自己，不会为别人的意念所改变。别人的评价，反映的只是片面的视角，无法保证客观真实。就算是再美好的事物，都有人跳出来泼冷水，吐唾沫，因为在他们看来，凡是达不到自己的心理预期、自认为不完美的东西，他们都是无法容忍的。

　　我们又不是任人摆弄的木偶，为什么要被别人牵着鼻子走呢？据说，西施是大脚，貂蝉一个眼大一个眼小，王昭君溜肩，杨贵妃胖且有狐臭。四大美女尚且不完美，我们又怎能奢求事事如意呢？

　　我们总要自己去决定一些事情，即使迷路了，跌倒了，甚至一无所有了，也要活出潇洒的本色。

　　从小到大，我们总会面临各种选择。上什么学校，选什么专业，去什么城市发展，找什么工作……一千个读者眼中，就有一千个哈姆雷特。无论你做出什么选择，总会有人跳出来发出反对的声音。

　　就拿谈恋爱来说，不管你多么爱他（她），你们彼此的身高、长相、学历、性格、人品、爱好、家庭等背景，都有可能是别人眼里不被看好的谈资。

　　的确，人人都有追求完美的心。可是，想让所有人都叫好、都买账，那你得随便成什么样子啊？所以说，不要拿别人的评价给自己设限，活出自己才是最难能可贵的事情。

我比你坚强

作者：凉月满天

吃过晚饭，一家人出去散步，女儿手里拿着一瓶矿泉水在喝。先生拉我，悄悄努嘴："看！"我回头，一个小男孩，不过十来岁，矮小瘦弱，小脸肮脏，身上的衣服宽宽大大，风一吹，衣裳把小人儿一裹，简直就像一根细小的牙签。真奇怪，他一直跟着我们。我回身，蹲下来，拿出几枚硬币："给。"小男孩摇摇头："谢谢阿姨，我不是要饭的。"我羞愧——无意间伤了孩子的自尊心。但他为什么老是跟着我们呢？直到我的姑娘把矿泉水瓶塞进果皮箱，小男孩一个箭步往前一蹿，把胳膊伸进去，把瓶子拎出来，往手里拎的蛇皮袋里一塞，才又开始往别处逡巡。

后来，听说小男孩原本有一个很富足的家，但是妈妈得了尿毒症，百般医治后无效，家里的钱却越花越少。终于有一天，爸爸把财物席卷一空，卷包逃跑了。病重的妈妈整日以泪洗面，生活的重担像座山，压在这个 10 岁小男孩的肩上。

他一边尽最大力量安慰妈妈，一边到厨房里笨手笨脚给妈妈做一顿糊了的饭，然后再到外面捡废塑料和空瓶子，一毛两毛地卖成钱，自豪

5

地交给妈妈："妈，拿去用，你想怎么花就怎么花，全是我自己挣的。"

三年过去，那个男人始终没有露面。但是，小小男子汉却发表了他的宣言："妈，我也是男人，我能照顾你。"

很小的时候，老师就曾反反复复地上过"坚强"这一课。可是，当自己越长越大，却发现越来越做不到坚强了。不是，是越来越会权衡了。假如逃避可以让自己活得更轻松，为什么不呢？有时甚至想，所谓的坚强，只不过是无路可走时的故作姿态罢了。只要有另外一条路可走，傻瓜才会"坚强"地硬挺下去呢！

虽然也为自己的没出息感到害臊，但是让我感到宽慰的是，想临阵脱逃的大约不止我一个。但是，这样一想之下，却让自己更害臊了。

一个女人，丈夫出了工伤，瘫痪在床，自己吃不住劲，干脆逃得远远的，远嫁他乡。她要带走小女儿，孩子却说了一句话："妈妈，你走吧，我要留下来照顾爸爸。"冰寒雪冷的冬天，她每天 5 点起床，给瘫痪在床的爸爸洗漱好，然后做好饭，喂好，再自己草草吃一口，然后赶到十几里路外的学校上学。中午就吃一顿凉干粮。晚上回来接着做饭，做完饭，帮爸爸按摩失去知觉的双腿。然后，就着豆大的灯光做作业。晚上，她睡了，但是却在自己的手腕上系上一条细绳子，绳子的另一端连着爸爸。爸爸有什么要求，只要一拉绳子，孩子就会强睁开惺忪睡眼，起来帮爸爸接屎端尿。别人家的孩子在爸爸妈妈怀里撒着娇要吃麦当劳，小姑娘却在泰山压顶一般的苦难中坚持着，既不肯逃跑，也不肯弯腰。

看，这就是孩子，我们的孩子。

爸爸逃了，孩子留下了；妈妈逃了，孩子留下了；大人们一个接一个地逃跑了，小小的孩子却一个接一个地留下了。凭什么？我们不是豪言过、壮语过，发誓要勇敢面对生活中的挫折吗？什么时候我们的心变得市侩和冷漠，而这些豪言壮语像一阵风一样从我们的生活里刮跑了。

终于有一天，我们沉醉在燕舞笙歌中，却发觉自己无法面对孩子们脏兮兮的小脸，瘦弱的小身体，承担着生活重担而坚持不倒下的勇气。面对他们，我们像面对被钉上十字架的耶稣，羞愧万分，掩面哭泣，痛切地发现自己的油滑和软弱、脱逃和退缩、背信和弃义、绝情和冷漠。

真的，纵使我们身材高大、声音响亮，拥有尘世中足够的权势和力量，但是我们的孩子却完全有资格带着怜悯的微笑，居高临下地对我们说："我比你坚强。"

7

贫穷不是她永远的烙印

作者：清心

她低着头，手指缠着衣角，看上去十分拘束。穿的衣服明显不合体，小小地缚在身上，双肘的部位还粗糙地缝着两块颜色极不协调的补丁。

这是河北省怀来县的一个极偏僻的小山村。没有公路，没有电话，没有电视，甚至连照明灯都刚刚接上不久。村民们只依靠山上零散的几棵枣树勉强维持着生存。这里的孩子，不要说读书，即使是温饱，亦是极难保障的。

我们是县计生局派来的"关爱女孩"工作组。这次活动的宗旨是倡导男女平等，消除性别歧视，维护女童合法权益。跟我们一起来的，还有县电视台的记者和摄像师。

女孩今年12岁。与穷困的乡邻相比，她的人生较他们更为痛苦及不幸。她4岁那年，父亲患了肺病，本就贫困的家深深地陷入了灰暗的日子里。由于无钱医治，父亲的病情逐渐加重，半年后去世了。没有了父亲的日子更加艰辛，母亲被痛苦浸得越发抑郁。一年后的某个冬日夜晚，母亲终于丢下年仅5岁的她，离开了人世。

女孩的亲人，只剩下年迈的奶奶。65 岁的老人和一个只有 5 岁的孩子，日子的艰辛不言而喻。小小年纪的她很快学会了做饭、打柴、洗衣。在漫无边际的贫困与劳作中，她一天天长大。

看着面前一摞摞崭新的书本，女孩清澈的眼神里闪烁着希望的光。"阿姨，这些书和本子，都是给我的吗？"她小心翼翼地抚摸着书本，语气中有怀疑。

"是的，全是给你的。喜欢吗？"我帮她理了理有些杂乱的头发，心中疼惜不已。

"真的？都是给我的？"她又问，眼中交杂着不确定与期盼。

"当然，我们可以拉勾。"我伸出小指，对女孩微笑。

她怯生生地伸出手，将细瘦却已粗糙的手指跟我勾在一起。突然，灿烂的笑如菊花般盛开在她的脸上。这时，电视台的小张拿着话筒走过来，让女孩捧着那些书本说一些话。摄像师小罗也摆好了架势准备录像。

如晴好的天空突然飘过一大片乌云，女孩明媚的笑容顷刻间黯然。她把书轻轻地放回原处，小小的身子开始慢慢后退。

"怎么了？没关系的，如果不会说，叔叔可以教你。"小张走过去拉她。

她继续往后退着，眼泪也一颗颗滴落下来。

我走上前问："为什么伤心，可以跟阿姨说吗？"

女孩用袖子抹了一下眼睛，哽咽道："阿姨，我不想上电视，我不想让所有的人都知道我是个贫穷的孩子。"我的心倏忽一疼。

"别让他们拍我好吗？我一定努力学习。以后，我要考上大学，走出山去。我知道，我现在很穷。但是我保证，我不会穷一辈子。"她解释着，小脸急得通红。

小张的话筒缓缓落下，小罗也默默地将摄像机收了起来。

我将书本放到她手里说："孩子，其实你一点都不穷。回家去吧，

9

好好读书，你的心愿一定会实现的。"她笑了，眼睛弯成月牙儿。我知道，此刻她的内心已有向上的力量在升腾。

车走出很远，尘土飞扬中，那个小小的身影仍站在原地。一路上，大家都沉默不语。这个仅仅 12 岁的女孩，教我们懂得了，贫穷不是一个人永远的烙印。

之后，再有类似的关爱和捐助活动时，我们再未拿过摄像机。这是因为，任何生命都该得到同样的尊重，即使她只是一个两手空空的小女孩。

苦旅

作者：解红

我家住在小城的最南部，这里三面环山，西临碧波万顷的云龙湖，正可谓依山傍水的好居所。每当推开窗帘，秀美的泉山即可映入眼帘。

只要走出家门，头顶便是一片清澈的蓝天，美丽的泉山就在不远处。森林公园很大，有3500余亩，公园内72座山头围城绵延环绕、形如大环。宽阔的三环路沿山而建，又将72座山头连成一串绿色"环城项链"。郁郁葱葱的青山之中，蕴藏着众多汉代文化古迹。

很多时候，我都是一个人静静地来到这里，让心情把自己融入这个少有人涉足的世界，贪婪的目光一直停留在这片原始而宁静的旷野之中。

每次出门，都是穿着那双八成新的休闲鞋。鞋子是远在英国求学的侄女从她脚上脱下来送给我的。我穿着可得劲了，正合脚。

自从摔伤，我就再也没有穿过新鞋子，因为脚伤未愈，还时常肿痛。侄女说了："姑妈，以后我的鞋子都给你，只要你穿着舒服，再也不要伤着自己了。"眼睛突然湿润了。

不知道是人老了，还是心累了，一种疲倦与烦躁的情绪困扰着我，非常渴望着有这么一个安逸的去处，在自然中释放心情，使浮躁的心趋于宁静。若能在不断地行走中寻找到些许无忧的乐趣，我愿意一直这样走下去。

如今的我，早已不再是健步如飞了。工作中的那次意外，让我变成了二级重残人。我尽可能地凭借着顽强的毅力，和我那形影不离的手杖，沿着洁净的山路，一步步地攀爬在曲径通幽的山路上。

山林很寂静，似乎能听到我的喘息声，我毫不矜持地一直往山间走去。林间鸟语花香，天空蓝蓝的，没有一块云影。

不时有奇特的山鸟飞过树林，伴着清脆的鸣啼在头顶掠过，在我身旁盘旋着，好像是很友好的样子。一阵山风吹乱了我额前发丝，遮挡了我的眼眸。我仍然若无其事地边走边哼着那支熟悉的小曲。

傍晚，细碎的阳光穿透郁郁葱葱的繁茂树林，落在平滑的石阶上，褐色的叶子散落一地。捡拾起随风飘落的一片红枫叶，半遮着面颊。此时，阳光折射出我那修长的身影，还有那双不离不弃的手杖，形成了一道别样的投影。每当我彷徨无措时，都愿意独自来到这里，就这么静静地走走，想着一些小心思。这里没有尘世的喧嚣，这里绝无尘缘的纷杂。

走累了，就坐在干净的石阶上面。午后的阳光照晒过的青石板，不再那么透骨的凉。青石板很干净，阳光倾泻在石阶上，叶子轻缓地飘落着。侧耳细听，叶子被风吹动的声音瑟瑟的。实在疲倦了，索性就直接躺在身旁的马尼拉草坪上，仰望着天空，感受草的清香和柔软。

山坡两边的树林里，不时地传来各种清脆悦耳的鸟鸣声。低矮的灌木丛里，有盛开着的或殷红或淡黄的山花，还有一大朵一大朵的不知道名字的野花，在郁郁葱葱的绿意间，非常入眼。

望见不远处树林中，杉树下的灌木丛里，有阳光折射在片片摇曳的枝叶间，好像一只万花筒，忽而绿色，忽而黄色，再由光线的强烈渐进到白色。锃亮亮的光，折射得我眯起一只眼睛，再微微睁开，渐渐地适应了这炽烈而又清亮的光线。

独拥在午后的阳光里，我梳理一下心情，对着镜头看到手机屏幕里的自己，素面朝天，眉宇舒展，上卷的睫毛被阳光折射的影子弯弯斜斜的。嘴角微微上扬，露出一只浅笑的小酒窝。咔嚓！把美好的一瞬间定格在此。

我喜欢这些生长年龄与我工龄一样长久的水杉，它们高大耸立，直入云端。那些四散的枝丫也很粗大，并且挺拔，早已成材。到了冬季，水杉成为山林里最美的风景，遥遥望去，一大片金黄的林海，那便是水杉的壮观景色。它们没有香樟的翩跹，也无桃李的妩媚，更无显赫的名声。但那些笔直的深褐色的树枝和粗狂的木纹，却给人钢骨一般的感觉。

一片朴实无华的高大乔木，活得如此气节凛凛，让人不禁心生敬畏。水杉林以其耿直绝美的姿态独占林中，成为南郊天然的防护屏障，使得整个山林保持一种原始的固有的味道。看到水杉，看到眼前的景色，我情不自禁浮想联翩。

我想到了这一生，好多人都在马不停蹄地错过。倘若不去追逐名利，不去攀比荣华，默默无闻，无怨无悔，站成一棵让人肃然起敬的红杉树，多好。

我很敬重水杉的笔直和不阿，不蔓不枝，不张狂，不矫揉造作。光阴简静，以剑一样坚定的姿态，明朗地向着天空直冲云霄。

我还想到了诗人的生活境界。苏轼就是在这样的山水间，远离了黑暗残酷的派别之争，虽然无奈，虽然不甘，但也逐渐找到了内心的宁静平和，以这样的心境去欣赏江山风月，并得到美的回报。他的《前赤壁赋》《后赤壁赋》《念奴娇·赤壁怀古》《记承天寺夜游》都是在游山观水时所作的名篇。

我坚信，这个世界有无限的阳光，有奔腾的河流，却没有永驻的苦痛。走一段寻找阳光的路，看一切美好在路上绽放。

登梵净山

作者：黛帕

2017 年的时候，我参加了全国梵净山登山比赛，有幸拿了青年女子组第 9 名。虽然成绩不是很亮眼，但那一次比赛是对我人生历程的一次历练。

说是登山比赛，其实，是跑步加跑山的比赛。因为从梵净山入口到登山的阶梯口，一共有 9.6 公里的距离，而且都是不断增高的上坡路。这一段路选手全在跑。而登山时，也没有停止，能跑的从来不用走，自然我们在后面也是有样学样了。

枪响出发的时候，我冲在第三。跑到 5 公里的时候，我逐渐落后。7 公里的时候，又有两个人超过了我。后来我想，不能这样放弃下去。无论如何，要争取在前 10 名以内。然后，我就把第 8 名当成目标，不时地回头看看第 10 名。每每看到第 8 名背影的时候，我就加快脚步，尽量靠近她。

虽然在整个过程当中，我又累又渴，汗水直流，但是我心里一直有一个信念——无论如何，一定要在前 10 名内。后来，第 8 名看不见了，我就看我后面的第 10 名。最后 2 公里，是我与第 10 名的不断竞争。我一直在往前跑，她一直在后面追。我一刻都不能停，一停她就超过我了。

每当我想停下来休息一下的时候，我就告诉自己：对手一直在奔跑，所以，即使跑得再小步，也一定要坚持跑着。

后来，跑完了公路，到了梵净山的登山口。这时候，我完全忘记了后面的对手。那是我与我自己的竞争。在那过程当中，我不断地超越了男生。因为男生比女生先跑 10 分钟，超越一个男生的时候，我的信心又增加了一倍。我看见那些倒在路边休息的男选手时，我告诉自己，我不能成为他们那样，我要向前进，我要冲到终点。

在登山的过程中，我心率不断地加快，呼吸不断地急促，然后越来越渴。路边有供给，有的人喝了水，就停下来了，休息了。我怕自己也成为休息大军中的一员，告诉自己不能一下子喝很多水。我就拿着纸杯喝了一口，润润喉咙和嘴唇，然后闷了一口在嘴里面，一边跑一边慢慢地咽下去。

有些台阶是古台阶，呈 90 度，特别陡峭。有的人在台阶边倒下了，有的人越过了台阶继续向前走。我告诉自己，爬也要爬过去，就手脚并用地往上爬。每爬上一级台阶，我就告诉自己，离终点又近了一步。

就在这手脚并用的攀爬中，我感觉自己的力量已经达到了极限。这时候，我很想休息。心里有一个声音对自己说："算了吧，你已经比很多女生厉害很多了。"另一个声音告诉我："不能这么说，你还没有挑战到你的极限，你一定要到终点！"

我就在这两个声音的斗争中，看到了终点倒计牌——你离终点还有500 阶。

这时候，坚持战胜了休息。汗水流进眼里，把眼睛逼出了泪水。我就闭着眼睛，手脚并用地继续爬。然后，用路边的旗帜擦眼睛，因为衣服已经被汗水浸湿了。

倒数的数字不断地减少，在汗水与泪水中，我到达了终点。梵净山有 7400 多级台阶，别人要爬两三个小时。我从起点到终点，完赛时间是 2 小时 55 分。

我看见红毯的那一刻，心里欢呼：我终于挑战了自我！挑战了 7400 多级台阶和 9.6 公里的山路！

《朗读者》说："勇敢的人，不是不落泪的人，而是愿意含着泪继续奔跑的人。"虽然我只取得了第 9 名，却是我人生的一大突破，我知道我拥有了更多的可能性。后来，在遇到其他难题的时候，我都能想起自己忍着不适、突破自我极限的感觉，然后告诉自己，反正 7400 多级台阶都爬过了，还有什么过不去的呢？

17

向阳与背阳

作者：杨春富

　　早晨，从家到公司，我走两段路。一段是向阳的，总是阳光遍布，和煦暖人，让我有出行的欲望。一段是背阳的，处在高架桥下，显得阴冷。

　　从华丰路出发，沿东新路西行，皆是向阳之路。阳光打在身上，让我想起温柔的夜晚。良好的睡眠如一把巨大的黑色熨斗，将白天的疲惫熨平。路边的玉兰花，有粉红，也有梨白，开得端庄、典雅。白色的玉兰花，远远望去，像一只等待飞翔的鸽子。含苞待放的桃枝上，跳动着等待、酝酿和满怀的憧憬。这是初春时的桃花，是"人生若只如初见"的桃花，而不是"人面不知何处去"的桃花。桃花开得热闹之处，像是要把所有的青春、热情、艳遇的渴望都一股脑儿地迸发出来。

　　一年之际在于春。所有的枯枝在春天等待发芽，所有的花朵蓄势待发。研究一辈子梅花的"梅痴"陈俊愉院士曾说："梅花也喜欢阳光灿烂的日子。"诗云："梅花欢喜漫天雪。"这在科普上是不对的。梅花不喜欢漫天雪，在0摄氏度到2摄氏度，梅花虽能发芽，却处于忍耐状态。当冰雪停止了，天气暖和了，梅花才能继续发育开放。想起在阳光暖人之时，在西溪、千桃园、超山看到开到荼蘼的梅花，心想：大部分花与大部分人一样，都是向往温暖的。美好与温暖之间，有唇齿相依之关联。

向阳之路，不止"桃花红，梨花白，菜花黄"。失意的时候，有阳光暖暖，洒在眼里，心中也会涌出积极的力量。耳畔响起的是李白的诗歌："仰天大笑出门去，我辈岂是蓬蒿人。"还有他的"天生我材必有用，千金散尽还复来"。

至石祥路，右转北上，阳光大道变成背阳之路。耳机里传出一首歌，回荡着悲欣交集的旋律。我忙停下我的"小毛驴"，看一下歌名，原来是《爱过了也伤过》。也听诗，听余秀华的"甚至，这无望的人生，也是我爱着的"，觉得这是真正的热爱生命。听博尔赫斯的"我比自己的影子更寂静，穿过纷纷扰扰的贪婪"，觉得这意境真美，忍不住停下脚步，细细打量手机上的这个句子。阴风迎面扑来，春寒料峭，甚至护着挡风衣也感觉胸膛冷飕飕的。这时，李白已经跑走了，脑海里呈现杜甫可怜兮兮、冻手冻脚的模样，他说："安得广厦千万间，大庇天下寒士俱欢颜。"可理想很丰满，现实很骨感。

阳光大道和背阳之路，仿佛人生路。一半是海水，一半是火焰。被寒冷寒冷过，被温暖温暖过，都是独特的经历，没什么孰优孰劣之分。就像泰戈尔所说的："天空没有翅膀的痕迹，但我已经飞过。"鲁迅说："真正的勇士，敢于直面惨淡的人生。"我想，他们说的也许都是同一回事：活着，位置重要，心态更重要。

19

开始，才有可能到达终点

作者：赵悦辉

大学毕业之后，我并没有按照自己的专业去学校当老师，而是去做了托管老师。

我放弃了本职工作的原因在于我感到幼儿教育的重要性。如果一个孩子没有好的幼儿教育，那么后面的教育就会成为很大的问题。

当我把我的想法告诉给我的父母和朋友时，他们都是反对的。

"你是教英语的，是帮助孩子提高成绩的，你自己还没做父母，根本不了解孩子，不仅没有实践经验，也没有理论知识，你怎么做幼儿教育？"听到我的话之后，爸爸这样对我说。

"现在，幼儿教育也没有很多正规的地方，哪有在学校当老师好，工作稳定，收入稳定，福利也不错，说出去也好听啊！你也不是学这个专业的，到哪里去找工作？没有经验和证书，谁会要你？"妈妈也在一旁附和。

"幼儿教育，你知道小孩子有多难搞吗？哭了你就得哄，打不得骂不得，而且有的小孩子不知道上厕所的，你闹不闹心？刚去两天行，有个新鲜感。过了三分钟热度，你就受不了了。"同学也不支持我的意见。

即使受到万般阻挠，我也没有退缩。我知道，如果没有勇气迈出这一步，永远都不会知道到底会不会成功。

没有理论知识，就去学习理论知识。我先去书店买了很多关于儿童教育的书，包括儿童心理、儿童教育等。随后去托管班开始进行第一步实践，从一二年级的孩子开始。

在托管班工作一年之后，我把我的专业和儿童教育相结合，做幼儿英语教师。因为有了之前托管班的经验，在新的工作单位，我深受孩子们的喜爱。在教过的学生中，最小的两岁半，最大的已经参加工作。但最让我欢喜的还是幼儿教育的成功。一个两岁半的孩子在母语还没有说明白的时候，已经能够用英语做简单的自我介绍，并且进行简单的对话。单词学了近五十个，数字、颜色、水果、动物、年龄都会说。

这些成果更加坚定我的信心，一个两岁半开始学英语的孩子和八岁开始学英语的孩子差距有多大，而且我也发现了儿童的语言天赋，没有足够的语言输入就不会有输出，因此断定语言输入的重要性。

把一个班的孩子从三岁带到十几岁，这是一个育人的过程，是一个学习的过程，更是一个成长的过程，这其中用到了我的专业，没让我的大学白费。还让我对儿童教育有了更加深刻的认识和了解。

如果没有当初勇敢的决定，就不会有今天这么多的认可和成就。感谢之前的勇气，让我有了开始，有了一个短期的美好结局。

愿你走出专属自己的精彩

作者：白枫麟

腊月二十八，我离家出走了。确切地说，我是被老爸轰出来的。

"休学事件"让父女彻底反目成仇，过年他都没"请"我回家，让我在外面自生自灭。我借住在朋友的出租屋里，听着窗外"噼里啪啦"的爆竹声，咽下一碗难吃的速冻水饺。

去年高考失利，我名落孙山。老爸把我送进某医学院当预科生。这所三本，学费贵到咋舌，毕业前景不甚理想。可不知为什么，老爸对这所学院情有独钟，觉得女儿一脚踏进去，再迈出来就是医生了。

我对学医没兴趣，这双手舞动个锅铲还行，拿个手术刀，我可下不去手。为了不让老爸的钱继续打水漂，我偷偷向学校提交了休学申请，并在隔壁的技术学校报了个烹饪班。

老爸知晓，已是半年后，尽管他气到肺炸，奈何木已成舟，预科生这条路是胎死腹中了。

"咱家三代行医，到了你这辈，再不济也不能当个厨子，还是个女厨子，真有能耐呀！"老爸恨铁不成钢地说，"如果你执迷不悟，权当我没生过你这个不孝女。"

他放出狠话，逼我服软。偏偏我也在气头上，二话不说扭头就走。

母亲过世得早，老爸一个人撑起家，着实不容易，对我更是寄予厚望。因为老爸忙，刚上小学我就会煮面了；因为老爸忙，上了初中我就会炒菜了；因为老爸忙，高中三年大小节日全是我掌勺。

亲朋好友谁不夸我做菜好吃？老爸当年听了，不是很受用吗？这会儿，我真要选择这行了，反倒成了父亲的眼中钉。

烹饪班毕业后，经人介绍，我在市内一家大饭店帮厨。薪水不高，好在包吃包住。上班头一个月，姑姑找了我两趟。一次，劝我放弃这行，回去给老爸道歉；一次，怕我生活拮据，送点生活费过来。

"放心吧，姑姑，我饿不死。我爸那头，您多开导开导吧。"

"唉，你这傻丫头，就倔吧。"

姑姑唉声叹气地走了。

帮厨住的地方比较简陋，男女合住在三室一厅，没有什么私人空间。其他帮厨空闲时，不是忙着打游戏，就是忙着刷视频。只有我一个人拎着菜刀在厨房练基本功。所以，我从帮厨到二厨只用了短短半年时间。个别帮厨不服气，找经理理论。

"她是女生怎么了？你能切出她那一手三色蓑衣，你就升级。切不出来，你就闭嘴！"经理没好气地说。

砧板上的功夫，靠的就是苦练。

拿了二厨第一个月工资，正赶上老爸生日。我往老爸卡里打了三千元钱，人没回去。

隔天，姑姑捎话来："你爸说你有钱了也别嘚瑟，改不改行，是你的事。"

"这么说，我爸是松口了？"我暗自庆幸。

随着对厨师这行的深入，我发现，八大菜系各有千秋，任何一个菜系想学全学精至少得三年五载。不过，西餐烹饪就相对简单多了，两年成手不在话下，工资待遇相对优厚。此刻，我脑海中蹦出一个大胆的想法——弃中投西。

我存了点钱，便辞职了，去烹饪学校学习了一年。那一年，日子过得紧紧巴巴。还好有姑姑接济我，不然我真要喝西北风了。

后来，我在星级酒店应聘做了西餐领班，在传统西餐的基础上，引入了"药材"膳食，研发特色糕点，让西餐多了一道浓郁的中国味。

客人们被这种稀奇的糕点吸引了，上过一次门，几乎就认定这家了。用餐高峰期，门外竟然排起了长蛇阵。

至于老爸，上个月和我握手言和了。

他退休之后，在一家中药店坐诊，日子过得挺悠闲，偶尔会去酒店坐坐，尝尝我推出的新品。

我每次问他好不好吃，他总要来一句："记住，是我的中药材给你的灵感！"

21 岁生日当天，老爸送了我一张贺卡。

"我又不是小孩子。"我撇撇嘴，心里有点小感动。自打上小学后，就没收过老爸的生日礼物，难得他这次走心。

淡淡香草味的贺卡里面写了一行清秀的字："无论选择什么样的路，愿你走出专属于自己的精彩。"签署的日期是 2018 年 5 月 17 日，这……正是两年前……

原来，原来，老爸早就原谅我了。

"老爸，"我眼角带泪，用力搂住了老爸，哽咽道："谢谢您！这是我收到最迟，也是最好的生日礼物！"

"哎哟，傻丫头，你轻点！我这一把老骨头要断了……"老爸抗议着，回抱了我。

《无声告白》里面有这样一句话："我们终此一生，就是要摆脱他人的期待，找到真正的自己。"可是，这世界不是每个人都有机会做自己想做的事情，但是我们应该尽量去做自己认为正确的事情。就算那是一条少有人走的路，一条不被人看好的路，只要你有足够的勇气继续走下去，我相信，终能抵达繁华的彼岸。

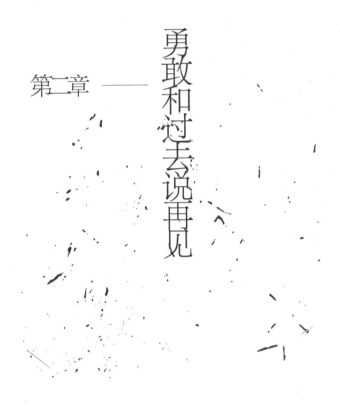

第二章 —— 勇敢和过去说再见

既然世事经不起追问，何苦还要抱守着那么多的"应该"，徒然让自己不快乐。还不如学一学老子，"为天下浑其心"，然后专注于当下的生活。你会发现，没有那些"应该"的纠缠，生活突然间无比开阔。

每段过去都经不起追问

作者：沈青黎

时光倒流 40 年。

女孩的成绩很好，每回考试都是第一名。她的弟弟是个调皮鬼，最不爱学习。女孩读初二时，家人让她辍学，说家里供不起两个人念书。哭闹无果后，女孩妥协了。两年后，弟弟中考落榜，去后山放起了羊。

这一天，女孩拿着自己卖草药换来的钱，买了罐头和布料去后山找弟弟。"我不念书了！"弟弟一直这样说。但女孩硬扯着弟弟的耳朵，把他拽到了同村的一位老师家，把布料和罐头送给老师，请求他同意弟弟再复读一年。

此后，女孩天天督促弟弟念书。三九天里，弟弟有不会做的题，她就冒着寒风跑去老师家请教，请老师把解题步骤写在草纸上，再拿回家给弟弟看。

一年后，弟弟参加了第二次中考，顺利考上了一所中专。毕业后，被分配到了省环卫局，慢慢做到了局长的位置。

这个女孩，是我的母亲，而女孩的弟弟，是我的舅舅。

时光倒流 11 年。

初一年级的音乐课上，一位年轻的音乐老师正讲得起劲。这时候，下课铃声响了。

老师有些意犹未尽，于是问大家："现在，我放一首好听的歌曲给大家听好不好？"

但孩子们都急着回家吃饭，于是便有几个孩子喊："不好——"

听了这话，年轻的音乐老师十分恼怒。在他心里，这首哀婉缠绵的《白桦林》是多么美妙，它背后的爱情故事又是多么动人！可是，居然有人说不要听。

于是，他指着第一排的一个女孩——喊"不好"的孩子中的一个说："你，站起来！"

女孩怯怯地站了起来，她想：有这么多人喊"不好"，为什么偏偏让我站起来？可她不敢说。

老师指着女孩的鼻子一顿臭骂："闭上你的臭嘴，你这个笨蛋，乐盲！"

后来，女孩的确变成了乐盲。自从那堂音乐课后，她再也没有开口唱过歌。读书时，工作后，她最怕去练歌房，因为她无论怎样也说服不了自己张开嘴唱一曲——她早已失去了唱歌的能力。

这个女孩，就是我。

我一直觉得，舅舅应当对妈妈充满感激，那位音乐老师也应当对我怀有歉意。

可事实并非如此。

春节的酒席上，舅舅和亲友们推杯换盏，忆起了当年读书的艰辛。他感慨："不容易啊，那时上个学要走四五里山路，那么冷的天，手脚都生了冻疮。晚上干完活还要写作业，家里连油灯都点不起，幸好我坚持念书……"他记得的，全是自己的努力。

假期回家探亲，我偶遇那位音乐老师。只一眼，我就认出了他，我立刻被紧张的空气包围了。我以为，关于当年的那堂音乐课，他会对我说些什么。可是，他什么也没说，他早已经不认得我了。

原来，这世界上有许多的事情经不起光阴的涤荡。即使你看得澄明、记得清透，仍抵不住时光车轮的碾压。在这世上，谁知道什么是因、什么是果？谁又该为谁的人生负责？也许你曾竭力帮扶的人早已将你忘却，也许伤害过你的人多年后仍旧浑然不觉，那些年少时的伤痛，一辈子愈不合的伤口都无人问及。人生里，原本就没有那么多"应该"。

既然世事经不起追问，何苦还要抱守着那么多的"应该"，徒然让自己不快乐。还不如学一学老子，"为天下浑其心"，然后专注于当下的生活。你会发现，没有那些"应该"的纠缠，生活突然间无比开阔。

愿你内心明亮，有行走世间的勇气

作者：柳兮

作为一名企业 HR，我遇到过不少年轻人，其中有一个让我印象特别深刻。

那天，我从网上整理出来一叠简历，这些是根据各部门需求筛选的。在整理的时候，因为偷懒，没有复审，也没有过多注意学历这块内容，而是直接进入电话约谈。

拨号码的时候，眼睛扫了一下最上面那张简历。突然发现最高学历这一栏写着"高中"，而且他只有 18 岁。我当时愣了一下，本想跟对方表示歉意，因为公司之前有因学历而清退的员工，我们招聘的最低门槛是大专学历。

电话拨通的一瞬间，一个铿锵有力字正腔圆的声音传入我的耳朵。问好过后，我问他："看到您才 18 岁，只有高中学历，可以知道为什么吗？"他只是淡淡地说："不想读了。"接着，他又不好意思地说："抱歉，让您为难了。谢谢您给我来电，您可以直接挂断电话。"

电话那头死一般地沉寂，我愣了几秒钟才反应过来，慌忙说："没没没，那这样吧，您明天下午来公司面试，具体时间和地址我发您邮箱。"

第二天，他如约而至。那是一个非常阳光的男孩。瘦高的个子，白皙的皮肤，灿烂的笑容，鞋子刷得干干净净。我的眼睛为之一亮。他上前来，礼貌地跟我问好，声音圆润，语调沉稳。

第一印象，我给他打 90 分。

他没有像其他应聘者那样，进门就惴惴不安，唯唯诺诺，而是自信、大方，自始至终保持微笑。那时，我已经忘记了他的学历，和他愉快交流，之后又让总监复试。最终，他被录用了。

入职那天，按照公司惯例，新进员工要去各部门办公室做自我介绍。一般情况，年轻的孩子会羞涩、紧张，甚至还要人事部门协助，准备一些介绍词，还要帮忙打圆场。他却没有丝毫怯懦，而是自信地站在办公室中央，条理清晰地介绍自己。每说一句，他的身体便转动一下。等到说完，正好转到我面前，然后微笑。接着，全屋子的人鼓起掌来。

转眼，小半年过去。到了年终，公司评选优秀员工，我在送来的名单上看到他的名字。起初，我以为弄错了，因为他才来不久。定睛一看，果真是他，名单下面还有老总和部门总监的签字。

在我印象中，这个清清爽爽的年轻人沉默寡言，来去匆匆，但见了所有人都会微笑着打招呼。每次下班晚的时候，总能看到他在加班。我只觉得他是新人爱表现，没想到他一坚持就是半年。

年会聚餐，碰巧他坐我旁边。我问他："你真的是'90后'？"他说："是的，99 年的。"他不像，他说话的语气和为人处世，显示了超前的智慧和眼光。他的情商和勇气，总是能让总监露出久违的笑容。

经过这么多事，我对他刮目相看。

正当我想进一步了解他时，第二天，一封电子邮件如约而至。打开一看，是他的辞呈。有点突然，我心想：他不是做得好好的吗？接着做下去，也许很快升职加薪。再说，他只有高中学历，上哪找工作呢？不可能每次都这么幸运被公司录用啊。

想问个究竟，奈何一上午都在忙。等我按照流程签了字，回收了办公用品，财务那边也签了字通过，才吁了一口气。这时，他走过来，诚恳地说："姐，谢谢你一直以来对我的照顾。"等我抬起头来，他已经消失在我视线里。

这时，微信消息提醒，是他发来的。大意是，他走了，就不再过来细细道别了。我慌忙问他怎么回事，为什么突然辞职？

他说，总监犯了大错，让他背了黑锅。他忍受不了别人的诬陷和屈辱，哪怕这个人是他顶头上司也不行，所以他选择离开。

这次我没有惊讶，以他的性格，这才是正常反应。也许很多人为了高薪，会默默忍受一切不公平待遇，但他不会。找工作时，他虽然只有高中学历，却有勇气投递大公司的职位；当权益受到损害时，他也有勇气离开。

内心的明亮让他有了行走世间的勇气，无论跌入什么境遇，他都能勇敢面对。

之后，每次别人提起他，我总会说，这是一个很优秀的年轻人。

不顺不畏

作者：相宜

随着"叮"的一声响，屏幕瞬间亮起来。

我拿起手机，是晓赫给我的点赞，且亲热地评论道："最近还好吗？看到你学舞蹈的照片，真的很棒。请多发照片和视频哟。"

我盯着屏幕上的赞美愣神，不由自主地露出了笑容。

谁不喜欢被认同呢，尤其是这么温暖的话语。

晓赫是我在参加学校课外活动时认识的朋友。高二那年，学校组织各个班级代表去当地的残疾人学校交流。我被分在一个聋哑人班级，一进门就感受到了晓赫充满善意的目光。

晓赫比我大上几岁，绑着长长的高马尾，唇边有一颗小黑痣，样貌很是出众。我们在笔记本上写字交谈，从很格式化的姓名、年龄，到她教给我一些简单的手语。

聊天的时候，不乏有很擅长社交的同学已经和刚认识的朋友打闹成一片。我侧过去看，转过头就见晓赫撩起右耳边的碎发。

她在纸上写道："其实，我可以听到你们在说什么。"

她见我十分诧异，羞涩地比画着，她可以听到一点点声音。我惊喜地在她耳边叫她的名字，她微微笑着，冲我竖起拇指。

在参加活动之前，我对这方面的了解少得可怜。老师只提及是聋哑人，让我们要体谅别人的感受，学会用爱去交流。而在我的脑海里，对聋哑人的印象，还刻板地停留在他们像瓷器般易碎，需要小心呵护。

可真当我走进他们的世界——这个无法表达、没有声响的寂静角落，我才猛然发现，原来大家是这么乐观、温暖，愿意拥抱生活。

一个短暂的上午，我和晓赫聊 QQ，聊微信。她分享给我她的偶像，她喜欢的电影、音乐，我们一起看她和朋友拍的照片。照片中的女孩们自信地看向镜头，时而酷炫，时而调皮鬼马。

晓赫和这个年纪的女孩子一样，热衷于帅气或美丽的脸庞，爱吃各种美食又担心发胖，憧憬着美好的事物。

活动的最后一站，是这所学校的工作展览。学校极其看重学生的未来就业情况，极力推荐的方向就是手工艺作品——剪纸、刺绣、创意绘画等。

晓赫把她的作品拿出来，这是一个非常复杂细腻的剪纸。她给我解释道，这是她最为期待的生活，像迷宫一样，坚持向前，偶尔会遇见一些小惊喜，但只要不放弃，即便兜兜转转也能达到终点。

我们对视一笑，我在她的脸上看到了一种勇气，令我也觉得这人生无所畏惧。

上帝在每个人身上撒播的爱是不同的，像是一场小雨，看似无痕，却在每个人身上留下了不同的印记。我本以为在身体上有一些残疾的人们会有一颗敏感脆弱的心，会难以跟上时代的步伐，略显吃力。可是，晓赫给我上了一课，她狠狠敲碎我的"偏见"，用她的勇气来弥补生活的艰辛，用她的乐观、自信来平衡生理上被上帝遗落的部分。

分别时，晓赫写下一个纸条夹在我的笔记本里。我忍住好奇，没有拆开这份礼物，而是给了她一个大大的拥抱。

　　那天阳光很好，我们的队伍像小学生去春游，反倒是晓赫和她的同学们，落落大方地欢迎我们到来，又温和有礼地送我们离开。

　　我走出校门，就迫不及待地打开纸条。

　　晓赫的字小巧方正，在横线格上写着一句话："我们都会很勇敢地去拥抱特别美好的生活。"

破浪

作者：时半阙

要说当时最让人跌破眼镜的决定，那肯定是尹玉复读。

同年级里可能有人不知道校长叫什么名字，但肯定不会有人认错尹玉。尹玉长得很漂亮，从高一开始就是全校有名的小美女，被男男女女公认为校花，不仅常常是各大晚会的专用主持人，还是我们学校当时的门面。学校的招新简章、宣传视频，甚至是正门大门口的欢迎牌子上，都是尹玉的脸。

换言之，尹玉是我们学校的流量明星，她的一举一动都被无数双眼睛盯着。

2016 年，高考正式使用全国卷。我们都很庆幸是第一批被赶上架的鸭子，无论考得好与坏，谁都没有考虑重来的可能。一次考试失利，就当作糖果吞到肚子里。第一届全国卷考成这样，已经很好了，谁知道下一届又会变成什么样呢？算了吧。

可尹玉偏不。

其实，她考得也不差，勉勉强强能上一本线。如果当初她接受了这个结果，不会有人觉得她做错，甚至还要为她的坦然从容喝彩，因为这才是常态。

不是选择吃哪一块蛋糕这么容易，今天吃了抹茶蛋糕，明天还能吃黑森林蛋糕，复读意味着从头来过，意味着将所有的成绩都清零，意味着当所有朋友都在大学呼吸自由空气的时候，尹玉要忍受复读生的苦读生活，更意味着要完全摆脱省考卷的影子，接受全国卷的洗礼。

当所有人都不敢的时候，她勇敢地成为当年的第一个勇者。

后来，我问她为什么能这么无畏。她笑得很温柔："以我当年那个成绩，留在省内也是上不了好的一本院校。你说人不就活那么一次，干吗要委屈自己。我也只有一次 18 岁，我希望我能和更有意义的 19 岁见面呢！"

18 岁的尹玉显得很坚定。

"你不知道，当时大家都特别不看好你。毕竟，当时全国卷根本就不是按照省卷的考法，你复读就意味着你真的要从头来过。省卷对我们的影响那么深，我们都觉得你适应不了这种考法，打破思维重新塑造……真的为你捏了把汗。"

但我还是很敬佩尹玉，义无反顾地选择最艰难的那条路。

"好在你真的去了天津，真的考上了你想要去的院校，不然多不值啊。"我如是说。

可是，尹玉非常不赞同。她看了我一眼，又将目光挪到了更远的天边，最后叹了一口气："不管怎样，都是值得的。我选择复读的时候就已经想过了，如果再考一次还是不成功，那我要为自己当初的选择负责。无论最终拿到的是不是好果子，那都是我结下来的果子。"尹玉低头，踢了踢脚边的小石子，"我到现在依然很感激 18 岁的我，做出了那样的决定，不然，我没有机会看我想看见的世界。这一切都是我争取来的，我永远都不会后悔。"

我没法想象她是怎样度过那一年的，但可想而知，她肯定付出了比2016年还要艰苦的努力。对于18岁的少年人而言，这是第一个独自承受的决定，她的勇气和决心都在未来的某个瞬间得到了回响。

人生从一开始就有很多分岔路口，选择向左或是向右，选择奔跑还是飞翔，都是一种勇气的具象。只是天空可能有逆行气流，大道也许遍布荆棘偶有坑洼。你所看到的远方就在远方，重要的是你怎么到达目的地，重要的是你敢不敢继续前行。

世界上有成千上万的人逆来顺受，就有一个尹玉敢跳出委曲求全的框。

地球上有七十多亿人，就有成千上万的尹玉。

18岁是乘风破浪的年纪，是无所畏惧的年纪，是初生牛犊不怕虎的年纪，没有那么多的瞻前顾后。我永远羡慕少年人胸腔里的那股燃着火焰的勇气，跳跃着不撞南墙不回头的决心。那是明火，也是朝阳。

橘子红了

作者：徐光惠

"小惠，橘子熟了，你们可以上山来了。"四姐打来了电话。

天有些阴沉。转过一道道弯，翻过一座座山岭，车子爬上了一条蜿蜒崎岖的小道。山路狭窄、陡峭，只能容一辆小车通过。路边荆棘丛生，一人多高的茅草在秋风中左右摇摆。有一段路，一边是山坡弯道，一边则是高高的山崖，直让人心里发怵。

车子一路向上，从山底盘旋直到大山深处。转过弯，过了一片梨树坡，视野一下变得开阔，远远地望见满山的橘子树，一望无际。跳下车，眼前山林叠嶂，成片的橘子树遍布整座山岭，一个个红彤彤的橘子挂在枝叶间，星星点点，像一盏盏红灯笼，晶莹剔透，惹人垂涎。一阵山风吹过，空气中弥漫着淡淡果香，成熟丰裕。深吸一口气，整个人都醉了。

"你们到啦，山路不太好走，累了吧？快进屋歇歇。"四姐出来迎我们，她皮肤黑红，看上去满脸风霜。四姐50多岁，是大姑的四女儿。几年前，她和姐夫罗大哥来这里承包了几百亩荒山，吃住都在山上。第一年种梨树亏了，因为缺乏经验，梨子产量低，后来就改种了橘子树。

山上条件艰苦，四姐和罗大哥肯吃苦，努力学习科学种植技术，每天起早贪黑穿梭在山里，和工人一起除草、打药、疏果，全身心扑在这片橘子树上。

橘子树结出了丰硕的果子，他们终于迎来了丰收的喜悦。橘子不但个头大，口味还特别好，渐渐在市场打开了销路，有批发水果的商户订货，也有慕名前来采果的客人。他们还挖了鱼塘养起了鱼，养了鸡鸭，种上了蔬菜，日子慢慢有了起色。

不见罗大哥身影，我问四姐："怎么不见罗大哥呢？""去年突发脑溢血，瘫痪了。"

随她来到堂屋，罗大哥正靠在轮椅上发呆。我愕然，这与我从前看到的罗大哥完全判若两人，眼前的他面色苍白，目光迟缓，说话含糊不清。

"今年的果子结得还不错，走，我带你们去转转。"说起她的橘子树，四姐一下子变得精神起来。跟在四姐身后，我们来到山坡上。

山林寂静，偶尔传来鸟儿啾啾的声音。太阳出来了，阳光斑驳地洒在地上，暖暖的。一个个橘子挤挤挨挨，有的藏在枝叶后面，有的伸出小脑袋来，有的半熟呈青黄色，有的已经熟透红了脸颊。一不小心，就会与它们撞个满怀。

"来，尝一尝。"四姐从树上摘下一个又大又红的橘子。掰开橘子，浓浓的橘香扑鼻而来。橘子入口，果肉鲜嫩多汁，酸甜怡人，比平日在市场上买的口味要纯正许多。

"味道真不错。""真好吃。"

"知道为什么好吃吗？因为它们生长在大山深处，沐浴着阳光雨露，经得起风霜雨雪，耐得住寂寞，最终结出丰硕美味的果实，不带一丝杂质。"四姐笑着说。一缕阳光正好照在她的脸上，笑容如阳光般明媚。

"现在就你一个人打理这样大一片果园，还要照料罗大哥，怎么顾得过来？"我替四姐担忧。

"这个家需要我，这些橘树需要我。它们就像我的孩子，一天看不到，心里就像缺点什么似的，所以我不能停下来。累是肯定累，但我觉得还能挺过去。生活虽苦，但可以过得甜一点。就像这橘子面向阳光，味道就甜。"四姐的眼神清澈而坚定。

四姐站在阳光下，绽放着耀眼动人的光芒。大山深处的橘子醇香甘甜，芬芳永恒。

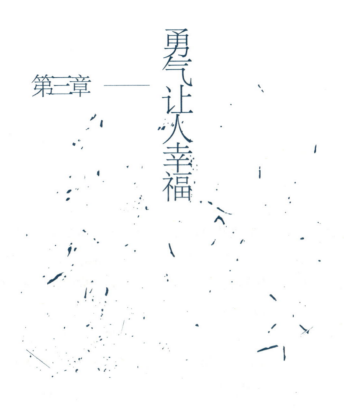

第三章 —— 勇气让人幸福

我们可以自卑，但不可以卑微；可以渺小，但不可以小瞧；可以懦弱，但不可以没有勇气。

宁作我

作者：白海燕

读《世说新语》，有则故事让我印象很深。"桓公少与殷侯齐名，常有竞心。桓问殷：'卿何如我？'殷云：'我与我周旋久，宁作我！'"

我与我周旋久，宁作我！一句多么掷地有声的回答，充满自信，充满深情，充满对个人命运的担当。

你得承认，很多时候，对这个自己，我们都可能有过这样、那样的怀疑与动摇。甚至在暗地里，将自己更名换姓过无数次。因为在与他人的比较里，我们总会发现自己的不足，然后，难免心生遗憾。而那些被羡慕的对象，却从方方面面圆满着你的梦想，成为一个更好的你的化身。

记得很小的时候，村里那个慈蔼的老爷爷家有个美丽的花园，他们还有一个叫丁香的小女儿。住在那么美的家里，真叫人羡慕。我于是希望自己就是丁香，有个属于我的花园。

十一二岁时，班上的小莲也曾是我羡慕的对象。她有手表戴，她有风衣穿，她有漂亮的围巾，她还有全套的秋衣秋裤。她们家并不是多富有，但她妈妈就舍得打扮孩子，而我却有一个不重视我心愿的妈妈，从来都是以节俭朴素为原则。她用自己的大衣服给我做棉袄的罩衫；给我买大一码的鞋，钉个搭扣，好多都可以穿上几年；两根辫子只扎一根红丝带；用旧的衣服做衬衣。所以，我希望自己是小莲，也能拥有那些饰品与衣服。

初三时，班上转来了一个女孩，特别漂亮，眼睛、皮肤、身材都没得挑。因为家庭条件好，她的衣着也很时尚。我真迷她呀，她在擦黑板时，我也看她的背影，她的一颦一笑我都在悄悄关注。没错，我多么想，自己就是她，那么，我也就像个美丽的天使了。

上师范时，班上一个同龄同名又同桌的女孩，娃娃脸，很可爱，最美妙的是，她有副金嗓子。当她一打开喉咙时，我又开始羡慕了，恨自己不是她，不具备那样一份音乐的天赋与才华……

父亲不在时，羡慕双亲健在的同龄人；孩子调皮时，羡慕儿女乖巧的家长；羡慕过高挑的身材，因为个头不足；羡慕过丰厚的藏书，因为橱内虚空；羡慕过优越的家境，因为出身寒微；羡慕过安逸的人生，因为不顺跟随……

在那么多的羡慕里，常常充斥着对此身此境的不满，以及对自己的诸多否定。像一个孩子，总觉得自己手里的糖没别人的大，而忿忿，而不甘。

不过，这都是从前。假如现在，你问我，大千世界里最羡慕谁，最渴望成为谁，我也可以坦然微笑且不无肯定地告诉你：宁作我！在我的人生词典里，只有欣赏，却再也没有"羡慕"这个词条了。当然，不是说现在的这个我有多好，有多完美，作狂妄自大语，而只是因为——我与我周旋久。

久则习惯，安于做这个我。习惯的力量是强大的，几十年的岁月足以让一个人不再东张西望，而是安下一颗心来，平静呼吸，从容做自己了！

久则生情，乐于做这个我。白日黑夜，分分秒秒，厮守一处的那个人是自己，只有自己才了解全部的那个我，我的小性情、小癖好，我的点滴哀乐，我的幽微心事。最亲爱的，莫过于自己啊。

久则接纳，勇于做这个我。大树尽可伟岸，小草也不轻贱。高有高的风光，低有低的景致。认定这一生所有，已然发生的，让它发生，即将到来的，让它到来。尽可能做到：荣也不骄，辱也不惧，得也不喜，失也不悲。

借用杨绛先生的一句译诗结束吧："我和谁都不比，和谁比我都不屑……"还是宁作我——这独一无二、不可复制的我！

今天是我生日

作者：李占梅

　　关于我的出生，有两个版本。一说当时父母已有四个女儿（还不算后来夭折的两个）一个儿子，清贫的家根本再添不起一张嘴的吃喝。可是，我不合时宜地来了，来了便没有再赶走的道理，父母不得已接受了我。二说父母当时盼儿子盼红了眼，好不容易盼来了个儿子，本来想再生个儿子让哥俩作伴，结果一看又是个丫头，奶奶做主要把我和三伯家的堂弟（我俩出生相差四天）换了，在抱走的那一刻，像有感应似的，我撕破了嗓子哭，母亲一把把我从奶奶怀里抢了过来。从此，家里人再不敢提换儿子的事。

　　小时候的我特别爱哭，不停地哭，整天地哭。现在想想，估计多半是饿的。7岁那年父亲过世了，老人们迷信说我是个"克星"，是个"防主"的孩子。往往这时，母亲总会撕破脸般地跟人家急，像只老鹰一样护着我。可是，每逢我不听话时，母亲还是把我关在院里那间没有窗户的小黑屋里，把门从外一锁，任凭我在里面哭累了，闹累了，睡着了，再把我抱回炕上。

稍大一点时，我曾问过母亲关于我出生的两个版本哪一个是真实的，母亲笑而不答。我也问过母亲我确切的生日，母亲说孩子太多事太多不记得了。还说户口本上的出生日期也许准也许不准，也许是哪天上户口时随便写的。那时，不懂事的我便有些怨恨母亲：孩子多也是理由？事多也是理由吗？别人家的孩子过生日总会有一颗鸡蛋一块糖果或一本小人书的奖励和祝贺，而我什么也没有，哪怕一首歌一句话的祝福也没有。再想想我每每被关在小黑屋的遭遇，我就想：我到底是母亲准备换出去的闺女，还是换回来的闺女？

慢慢地长大了，兄妹们聚在一起，围在母亲的身边，便会嬉笑母亲的记性差，八个孩子竟然谁的生日也不记得，只记得个大概春夏秋冬生的。这时候的母亲便有些不好意思，孩子般地笑着说："生日不生日的都长大了，都立业了，就挺好。"

年轻时，母亲不记得我和哥哥姐姐们的生日，老了却把我的侄女和女儿的生日记得牢牢的。侄女是腊月二十八的生日，每到腊月，母亲总会唠叨"丫头快过生日了"。这样的唠叨每天总要重复几次，直到二十八上午我给侄女把生日蛋糕买回来，嫂子把长寿面煮好在锅里。

长大了，关于我是换出去的还是换回来的想法慢慢变模糊了，渐渐地感觉到姊妹中母亲还是偏爱我多一些。

生女儿时，我是难产。母亲提前好几天来陪我，婆家不张罗，我也不敢去医院，一天多女儿才呱呱坠地。后来没奶水去找医生看时，说起女儿出生时的惊险，医生说我是捡了条命。每每这时，母亲便会红着眼，责怪自己当时没有坚持去医院。

月子里奶水不足，加上屋子里寒冷，女儿一直在哭闹，母亲伺候了我四十多天。四十多天里，母亲几乎没怎么脱过衣服睡觉。她总是在第一时间把女儿尿湿的尿布洗出来，捅旺炉火，把尿布烘好，然后给我熬粥，给女儿热奶；也总是在女儿发出第一声哭叫时，就已经把她抱在怀里，慢慢地哄着，生怕她的哭声搅了我的觉。

如果说前二十几年的岁月里，因为姊妹多，家庭条件差，我感觉不到母亲对我特别的爱的话，那么这四十多天，却是值得我一生一世永远记得的回忆。母亲就像那年寒冷冬日里的一袭棉被，紧紧地呵护着我和我的女儿，让我在几年几十年以后每每想起都会觉得温暖，如母亲就在身边。

那年，母亲已经七十多岁，七十多岁的母亲却记住了我女儿的生日。每到这天，母亲总要念叨："彤，长大了，你可得对你妈好。你妈从小就苦，生你还苦，拉扯你更苦。"女儿小，不知道她听懂没听懂，母亲就这样一直念叨着。

母亲希望我的女儿对我好一些，再好一些。我也是她的女儿，可是她从来没要求过我什么，她不觉得我也应该对她好点，更好点吗？那一刻，泪水盈满我的眼眶，我知道了我做女儿做得有多么的不足，还有我做母亲的女儿竟然不知足，这样的想法有多么愚蠢。

女儿一天天长大了，每到女儿的生日，母亲总会拿出一双自己亲手缝制的鞋垫送给我，说："算给彤的生日礼物吧，我也出不去了，买不了啥了。"有时，她会说："你也不会做针线，彤连双鞋垫也穿不上你的，笨啊，我替你缝吧。"说这话时，母亲往往会有一丝孩子般的坏笑，有一点点娇宠我的味道，有一点点还能为我干点啥的骄傲。

现在翻翻柜子，里面还有五六双大小不一的鞋垫，图案都是母亲自己设计的，有花好月圆，有年年有余，有平安一生，有龙凤呈祥。多少个夜深人静时，我把它们捧在手里，一双双地看、一双双地品，总仿佛看见在昏暗的灯光下，母亲戴着老花镜穿针引线，线的这头是母亲深深的牵挂、惦念和无尽的祝福。

这样无尽的爱恋，我怎忍心把它踩在脚下？

除了母亲，谁还可以为我、为我的女儿缝制这样的鞋垫？！

今天是我的生日，四十多岁了，我从来没过过生日。可是，今年我很想为自己祝贺一次生日：感谢母亲生了我，养了我；感谢母亲爱着我，爱着我的女儿。当我也会因为工作忙或烦心事多而忘了女儿的生日时，我才想起当时我对母亲的责怪是多么的无知，我也才深深地体会到母亲说的"生日不生日的都长大了，都立业了，就挺好"的深刻含义：母亲不是不记得我们的生日，实在是因为我们的生日对于母亲而言不仅仅是她的苦难日，更多的是我们每一个儿女的降生就意味着多了一张吃饭的嘴、念书的腿，母亲就多了一份对生活的艰辛、磨难与挣扎。

没有谁应该为谁低到尘埃

作者：辛岁寒

阿巧新入职时，常常跟我抱怨同事和上司像狗一样地使唤她。

新人新入职，被使唤是家常便饭。我常常安慰她，先适应一下职场再说。

没想到不久后，事情变得更加严峻。常规的买早餐、复印东西、跑路等等的标配，已经不再是阿巧的手中之活。现在的阿巧，要帮加班的同事接孩子，要负责上司的办公室门的清洁。更甚的是，她要提前一个小时，赶着第一个到办公室为所有人开灯，迎接大家上班。忙碌一天后，她还要等所有人离开办公室才能离开。

浑浑噩噩坚持过了两个月的实习期，她再也坚持不下去，提出了辞职，转身去了新的公司面试。

面试通过那天，这边人事通知也下达了，人事部却没有放她走。

她跑去跟人事部经理理论，没想到理论不成，反而又选择留了下来。

她给我解释说："一面是自己喜欢的工作，一面是曾经对自己很有帮助的公司，很难抉择。但是，人事部经理说，我们公司这两个月因为我的到来，所有同事轻松许多。"

阿巧一向是个善良的姑娘，只要听到有人需要她这类话，她便可以一腔热血地不管不顾。这是她的性格。所以，我不再多说些什么，只是表达惋惜，说了几句安慰她的话就走了。

再过了一个多月后，阿巧哭着来找我，说心里难受。但无论我怎么问，她都不肯讲原因。

我知道她肯定是又受了委屈，便极力劝她辞职。

她把辞退信放到我面前，抹着鼻子小声抽泣着。

"为什么我做错了一件事，他们就要这么对我，我还整天都包容她们的小缺点呢。"

原来，阿巧回去以后，被派去做一个和她同时入职，但有关系的同事的小跟班。阿巧整天为那个妹子端茶递水，像对待小姐一样地伺候她，生怕哪里做得不好了，惹她生气。岂料有一天，阿巧刚接完水回来，不小心在路上撞到了正赶着急匆匆地出门的姑娘，水洒了姑娘一身。结果，阿巧竟被姑娘当众甩了一耳光。

阿巧很委屈，但她无法在姑娘的骂骂咧咧里鼓起勇气来为自己申辩。

姑娘见她不还嘴，以为她不尊重自己，嘴上更不留情，惹来了上级领导。阿巧本以为她有机会为自己申辩了，没想到领导二话不说直接当众开了她。

她在人群的目光中，拿了辞退信，被赶出了公司。在家里难受了一天，后来她找到了我。

我拍着桌子，大声叫好。阿巧挂着小花脸，委屈地看着我。

我说："你在怕什么，他们又不会吃了你！"

阿巧喃喃道："我也不知道！"

我继续说："一个本来就没有多少前途的工作，再加上有一群这么欺负你的人，你早该走了！干吗把自己放得那么卑微，在家里谁不是被宠着的公主？"

阿巧似懂非懂地点点头，终于不再哭泣。

像阿巧这样新入职就把自己放到卑微的阶层的姑娘不在少数。她们总以为在前辈面前表现得谦虚随和能换来多多关照，实则恰恰相反。

其实，在很多人看来，这是好欺负的前兆。于是，姑娘们从一个小小的实习生，变成了为他们端茶递水的助手，变成了接孩子放学的好保姆。可惜的是，他们把这个当成了理所当然，并不会感谢你。

他们中的人，有的刚好也是曾经经历过类似事的，于是在面对和自己曾经经历相似的人，他们投过去的并不是同情的目光，而是把这类事情当作新人的一项潜规则，他们用得毫不犹豫，自然也不想回避。

职场新人中许多这类的事情，生活中这类的事情更不在少数。

恰好，生活中的阿巧也是这样的人。

阿巧在生活中也常常受许多委屈。

当她还在读大学住寝室的时候，她是寝室的老好人。她没有勇气拒绝别人，室友一开口，她即使内心不愿意，也会答应下来。

记忆里印象深刻的一次，是她和室友上一秒还在冷战，下一秒室友冷冷地让她帮忙递一个东西，她便连气都不敢出，听话地去拿了东西，递给了室友。然后，她回到座位上又生起自己的气来。

她常说，这是因为她善良。我们常怼她说，这是她懦弱。

一个懦弱的人，常常没有理由地为别人低到尘埃，常常受委屈了也只能在背后自己生气。她们从不敢站出来为自己争取利益，因为她们总是害怕得罪别人。

阿巧是这样的人，许多像阿巧一样的人，也是这样的人。

但是，亲爱的，除了你自己，没有谁是应该为谁低到尘埃的。

我们每个人都是自己生命的主体，是这个世间独立的一份子，是这个世界上独一无二、不可替代的那个人。我们可以自卑，但不可以卑微；可以渺小，但不可以小瞧；可以懦弱，但不可以没有勇气。

　　这个世间有很多事是不公平的，但是人和人都是平等的。无论你是身处高位，还是低到谷底，我们都要有我们自己的骄傲和权利。高时不狂妄，低时不卑微，这样的你，即使渺小，生命也同样熠熠生辉。

　　你的父母生了你，是让你来感悟这个人间的美好，因而更没有谁值得你低到尘埃，除了你自己。

　　亲爱的，如果此刻的你，是阿巧一样的人，请在心里默念三遍：没有谁应该为谁低到尘埃，我是这个世界上独一无二的人，我要按照我想要的方式过一生，而不是听人摆布。

　　请相信，当你念完这三遍，你的生活将与众不同。

　　因为你是这个世间的唯一。

篱笆不管外面的事

作者：凉月满天

我是一头驴，偏要干马事。

在朋友手下工作，平时多得照拂。可是，她看我"两耳不闻窗外事，一心只读圣贤书"的呆样，不由得替我愁得慌："有我在，我罩你。我不在的时候，你怎么办啊？出去活动活动吧。"于是，我就出去了。

"马路"上人真多，个顶个儿好样的，要财有财，要位有位，开车开会开公司，长袖善舞，多财善贾。只有我在里面滥竽充数，勉强应付，学人家喝酒、聊天、处关系，妄想做个挥霍洒落、举重若轻、慷慨珍贵的人上人。可是，脸上带着笑，心头不快活，为什么别人看到的是荣耀加身，我却只看到了背后那难忍的空呢？

结果已经明了，过程就不重要。这种炼狱般的日子不过也罢，又不是神仙下凡体验生活，没义务去陪演一场已经预知结尾的戏。

奇怪，为什么当初朋友轻轻一句话，我就像听到发令枪，"嗖"一下子就冲出去了？

美丽的萨瓦纳大草原，一群健硕的成年长颈鹿，每个体重足有1500

公斤。这是连野兽之王狮子也不敢轻易冒犯的族群，它们一蹄子就能轻易地把狮子的头盖骨踢得粉碎。但是，狮子的到来却引发长颈鹿的溃逃。一只长颈鹿慌乱中摔倒在齐膝深的小溪里，几经扑腾也无法用四条腿支撑起庞大的身体，无奈闭眼，成了狮子的美餐——它被"吓"死了。

很多人走上一条不情愿的路，也是被"吓"的。职场生存法则和社会生存法则层出不穷，我们都害怕被这个繁忙的社会和极具功利色彩的价值标准评判为无能、无力，只好委屈自己去做很多不靠谱的事，三十六计轮番上阵，刺刀见红，像西方领主那样进行毫不留情的圈地运动，以此来判定自己的生活成不成功，却少有人关心到自己的人格和精神。就像写《非常道》的余世存讲的："我们的人格力量被侮辱损害到一个难堪的地方，以至于没有人愿意呈现他的精神状态，没有人愿意发挥他的人格力量。没有了精神的自由空间，我们就只能向外求得一点可怜的生存平台，但我们却把这一点平台，这个小小的螺丝壳，当作极大的平台，做成了极大的道场。"

《士兵突击》里有一对脾性相反的朋友：成才和许三多。许三多木木呆呆，他就如米芾见到安徽无为的一块丑石，旁人不屑一顾，他却非常高兴，因为看到丑石内里的气韵生动。所以，我们是俗人，而许三多和那些喜欢、雕琢许三多的人是真正的智者。在他们的人生里，金钱、地位、权势、得失都退居到一个几乎看不见的位置，能看见的只是信念、友谊、扶持，各人都应许着自己的内心，做着应该做和做了之后问心无愧的事。凭本心行事，让信念说话，过审美人生。

成才却是脸朝外的人，哪有利哪里去，最初奉行的就是被现世的所有人都理解，且堂堂正正去实行的"机会主义"。虽然有些可厌，我们却比他强不到哪儿去——都是为了生存而生存，都是被机会支配着向左走或向右走的欲望人生。和审美人生比，一个山上松，一个涧底藤，相差何止一个岩层。

我小时候的故乡，家家门口有竹木搭成的疏篱，花花搭搭的篱笆上开着花花搭搭的花。一池萍碎，满目春光，陌上农人来来往往。这一切与篱笆始终无干，它竖在那里似乎并不为藩篱和阻障，只为让花能够尽管开。

人生大概就是这样：人在这里，心在别处；日子在这里，生活在别处；生活在这里，生命在别处。我们也确实该在心田围起一圈小小的篱笆墙，既和外面的世界有一个形式上的阻隔，又可以堆锦叠艳。你看心田广大，朵朵鲜花，每一瓣都有与生俱来的柔软、湿润、鲜香，标志着自己是自己的王。

割麦子的姑娘

巧儿是我小学时期的同班同学。那时候的她，经常穿一件小花布衫，藏青色裤子，方口布鞋。她平时话语不多，上课时听讲特别专注，总是踊跃地举手提问。做起作业来，谁走到她跟前，她都不知道。唯一能体现她儿童活泼天性的是：下课后，和女同学们在一起踢毽子、跳麻绳，她们咯咯咯地笑。她扎两个小辫子，头发有些黄。因此，我们给她起外号叫"黄毛丫头"。

就是当时不起眼的这个黄毛丫头，后来却成了我们全班 36 个同学中最有出息的人。她现在是一家上市公司的高管，听说她一年的年薪在我们老家能盖起一栋大楼。她是一个孝顺的女儿，有时间就回到农村老家去看望父母。

她拥有最先进的手机和平板电脑，但是，回家以后，她将它们全部装进了包里，除非有电话打过来，她才取出手机接一下，在家从来不玩手机。

我感到有些惊奇，就问她为什么这样。她说："我在城里上班的时候，人离父母很远，心贴得很近，总是担心父母有个病有个灾什么的。想起父母为了养育我所付出的艰辛，我常常泪流满面，我夜里老想他们。现在回到家里来了，人和父母离得很近，如果只顾自己玩手机，心就离父母远了，我们还回来干什么？"

巧儿的父母是地道的农民，看到女儿回来了，笑眯眯的，好高兴啊！他们打量着女儿，看她是不是瘦了，是不是黑了，总想着法子给她做好吃的。

三夏的时候，巧儿又回到老家，她竟然挽起袖子，提上镰刀到地里去割麦子。村里的人说："巧儿，为什么不叫一台收割机？一会儿就把那点麦子割完了，何必受这个烈日炙烤的罪？"不是巧儿不叫，是她爹嫌收割机割的麦茬太高，也会漏割小麦，不让收割机收割。

巧儿说："我虽然割不了多少，但是，我能多割一点，我父母就少受一点罪。"

巧儿是热爱故乡的人，是她出资铺设了村里到镇上的柏油路。四乡八邻的乡亲提起巧儿，总是说"我们的巧儿"，那份亲切，那份自豪，让人羡慕。

巧儿是个乖巧的孩子。每次回到老家，车到村口，她下车，让司机开着，自己步行进村，见到大婶大伯，亲切地打个招呼，妇女和儿童给一把水果糖。

村上的干部早早就给巧儿的爹娘留下话，巧儿回来了，一定告诉他们，他们要请巧儿吃饭。巧儿的母亲说："她每次回来，就让我给她擀面条、炒韭菜、炒辣椒，其他的饭她不吃。"

你不要以为她现在有钱了，就是一个珠光宝气的女人，恰恰相反。同学聚会的时候，我再一次见到她。我以为她会开宝马车前来，没有想到，她是坐公交车来的。她没有化妆，没有一件首饰，衣着朴素而大方，那种气质不是用物质所能堆积起来的。在我的眼里，她是最美的女人。

我们的聚会，不是情人约会，不是炫耀官职大小，也不是炫耀多么富有，而是畅想自己的梦想。

我对巧儿说："你不要把我当成你的老同学，现在我的身份是记者，我要采访你，请你谈谈你的梦想。"

巧儿笑着说："我的梦想很多，我希望我的父母健康长寿，希望乡亲们早日富裕起来。希望我们国家富强起来，希望人心向善，天下太平。"

有你无悔

作者：颜月娟

张爱玲曾说："也许每一个男子全都有过这样的两个女人，至少两个。娶了红玫瑰，久而久之，红的变成了墙上的一抹蚊子血，白的还是'床前明月光'；娶了白玫瑰，白的便是衣服上的一粒饭黏子，红的却是心口上的一颗朱砂痣。"由此，我想起了那年看《夏洛特烦恼》电影时的情景。

那时，我拉着我家先生一起去看这部喜剧片，只为让他在繁忙的工作中能够放松一下。看完电影时，我对身旁的他说："女人，无论这辈子嫁给谁，总是会后悔。"

我深深地迷惑：难道真的是欲壑难填，人心永远不会满足？

看着眼前紧紧拉着我手的中年大叔，的确矮胖油腻。

可他对着我笑的脸，干净又得意。一如既往地，他对我有点谦卑地说："亲爱的，要吃点什么吗？要不要我去给你买点？不过，我办公室有点事，我送你去你爱吃的那家店吧！"

看他经常心里着急却装作讨好的样子，有时我也会粗声粗气地烦他，可他从来都是那样宽容淡然。他绝不跟我生气，也不跟我辩论是非对错，只那样笑笑地扯扯我的衣袖："别呀，有话好好说嘛，别动气呀。"

实在是被我说急了，也只是沉默着叹一口气。

我总是会被他那孩子般的傻笑弄得发不起脾气。他那一声轻轻的叹息，就会重重地落入我的心底。

无论我有多少受不了的情绪，都在那一刻消失殆尽。

曾经的我们，骑着自行车谈恋爱。他最喜欢的就是让我坐在自行车前面的大梁上，用手环绕着我，然后在无人认识的大街上边骑边喊："贝贝，我爱你！"我总是"咯咯咯"地笑着，羞涩地躲进他的怀抱，不敢去看路人的神情。

没有锦衣玉食可以晒，没有香车洋房可以秀，但我的内心满足又安宁。我不顾亲朋好友的反对，不顾同学同事异样的眼光，毅然决然地选择这个一无所有的外地人。

我也曾问过自己，我会不会在同学聚会时为嫁给这样条件的他而感到自卑？也曾细想过，于我而言，到底什么是幸福？

看着他俊朗的脸庞一天天不再年轻，听着他天南海北的见识越来越广博，陪着他走过努力奋斗的岁月，我并不后悔。

青春不再，我们也到了不惑之年。尽管一家人的生活并没有多少令人钦羡的地方，尽管我也失去了好多展现光鲜亮丽的机会，但我并不后悔。粗茶淡饭的平凡岁月里，没有奢华的装饰、高档的用品，没有豪华的住宅，更不奢求有高官厚禄的亲人办事方便。

我在乎的是，他的笑从来没有灰暗过，他拖着疲惫的身躯回到家时，可以紧紧地抱起孩子转几圈，陪着孩子玩耍的时候会睡着却从不埋怨生活的苦和累。哪怕经历失败，他也从不责怪老天不公或是人心叵测。

我为他这样的乐观而动容，为他这样的努力和坚持而感动，也佩服当年的自己能够不怕生活的艰难，勇敢地选择与他在一起。

坚持自己的选择，努力创造自己的生活，这是难能可贵的勇气。这份勇气让我明白了，珍惜白月光，欣赏红玫瑰，嫁谁娶谁都不必后悔。

因为爱，所以有勇气选择。

因为爱，所以无惧将来。

因为爱，所以无论是白月光还是红玫瑰，都是有你即无悔。

风雪何惧

作者：夏坨坨

上大学后的第一节思修课上，老师问了我们一个问题，让我们把答案写在书上。

问题是：这些年来，你最感激的人或事是什么？

我记得被点名回答的几个同学有说父亲、老师、朋友的，但我清楚地记得，自己当时写的是自己。

我感谢高三那年的自己，以及高考后毅然决然选择的这个学校与专业。

高中三年，也只有高三那年，我才真正将学习放在心上。上了高三之后，每一次成绩出来后，我都会花一小段时间去接受自己考得很不理想的事实。每当亲友们问起想考哪所大学时，我只能保持沉默。

高三的一整年，我完全丧失了信心。原因是高二的下半学期，我的数学老师当着班主任和教务主任的面，说将来我们班考不上大学的一定是我。

那时候，学校里流行肺结核传染病，我每天都在祈祷自己能得病，然后休学回家去自学。曾经有很长一段时间，我都陷入一个自己不管怎么学都考不上大学的怪圈。后来，那个断言我考不上大学的数学老师在高三那年成了我的班主任。于是，我努力把自己弄得透明，不被他注意。

我忘不了父母对我的殷切期盼，每天努力地做题，从不间歇。有人说，高考就是千军万马过独木桥。于是，我放弃自己钟爱的杂志、小说，除了习题外，几乎不碰其他能分散注意力的东西。每当想要放弃的时候，我都会告诫自己，如果考不上大学的话，自己能干些什么。

最后的那几个月，我克服了自己的退缩心理，在错题集上认真写着笔记，然后一次次翻看，一次次加深记忆。

哪怕高考的前一晚我才浅眠了一个多小时，哪怕我在万籁俱寂中独自垂泪良久，但第二天一早照样生龙活虎地上了"战场"。高考一过，同学们纷纷对起了答案，而我忙着去打暑假工。即使心里很没底，我也没去过多地担忧成绩，大不了从头再来一年，哪怕我如此抗拒。

高考成绩出来的当天晚上，姐姐拿着我的高考指南帮我参考，说什么专业要找比较吃香的，不然以后工作不好找。

道理我都懂，但最后我还是一意孤行地选了一个最北的学校。

从我家到学校的距离，一南一北，差不多跨越了一个中国。

但时至今日，我依旧不后悔自己的选择。

我庆幸，没有顺从家人的意愿选择其他学校，而是勇敢果断地在填报志愿时将自己喜欢的专业与学校放在了第一志愿。

这一生，勇敢过无数次，但面对压力大的高考和填报高考志愿时的这两次勇敢，却是最令我难忘的。

或许这些勇敢会随着时间褪色，但我忘不了在别人给予自己否定的时候，我勇敢地选择了去相信未来，并为之努力。

既然如此，风雪何惧。

梦想需要勇气赋能

作者：西早

今年的感恩节，我收到了小周给我寄来的一份特殊礼物。精美的纸盒里，除了一篇文采飞扬的谢辞，一张青春干练的职业照，还有一份大学生创业计划书的彩色复印件。

这其中的意义，也许只有我和他知晓。里面珍藏的，是小周追逐创业梦想起点的小故事。

他一直都记得，我也一直没忘记。

不仅因为他是我兼职讲授"就业创业指导"课程的第一届学生，更因为这份创业计划书蕴含了一个人想走得更远所需要的或许也是基本的内在精神品质。

那时还是 2014 年，"大众创业、万众创新"始如春潮，不少人特别是年轻人开始尝试"草根创业"，去投入到人人创新的社会洪流。但当时在高校还未真正成为大学生追捧的热潮。于是，我给学生布置了一项自愿性的课外作业，就是每个人撰写一份创业计划书。

一个星期后，我收到了全班 36 个同学中 8 个人的创业计划书。其中，就有来自贵州深度贫困乡村的小周。在班上依次进行点评后，我鼓励同学们将创业计划书完善并创造条件付诸实践。

三天后，小周走进我的教研室，随身带来的还有他的创业计划书，只是页数从之前的 9 页增加到了 37 页。

他说，他很想创业，现在就想开始关于这份线下与线上相结合的校园二手书店的创业计划。听了他不太成熟却信心满满的介绍后，我告诉他校园创业之路的艰辛与挑战。

最后，我说："理想走向现实的过程中，有着太多的不可知。除了那些看得见和看不见的基础条件，勇往直前的勇气最为可贵。否则，再好的计划也很有可能夭折。"

"再不疯狂我们就老了，年轻的时候，就该敢闯敢拼、义无反顾，"小周回答很坚定，"不惧才有力，无畏才有为。"

小周十八岁生日那天，"不惧才有力，无畏才有为"从此成为他的 QQ 签名。

没有专门的学生创业场地，小周先后走进学院党总支、校团委、学生处、国有资产管理处的办公室，甚至两度走进校长的办公室。

没有像样的创业伙伴，小周连续十几天每天发说说、贴吧，并找同学转发，只为寻找同行的"同路人"。

没有足够的书籍来源，小周带领团队成员爬楼串寝，几千个宿舍门都留下了他的敲门声。

没有完备的网络管理系统，市场营销专业的小周数次登门求教校外科技公司，自学计算机，拥抱"互联网 +"浪潮。

四个月后，我接到一家都市报记者的来电，说是要到学校采访一位成功创业的大学生代表。当她提起小周的名字时，我除了惊讶，更多的是感佩。

学生开二手书店四个月盈利近十万的新闻报道，很快让小周成为校园红人。通过记者的深入采访，我才知道，小周之前竟然有抑郁症和社交恐惧症。"勇气改变了我的一切。在一系列的自我挑战之后，我现在才真正实现了精神上的成熟和性格上的健全。"

大学毕业前，小周告诉我，自己还想再经历更多的尝试，才能在充满竞争的社会中更加强大。驾校代理，加盟餐饮连锁店，开发科技软件，创业就业咨询……小周没有止步。

今年初，在山城发展如鱼得水的小周选择回到老家，主动对接当地政府和有关机构，努力建设符合新时代农村实际的一体化幼儿教育培训体系，助力家乡精准脱贫。

"勇气不是与生俱来，它源于对梦想的执着，对未来的渴望，对至亲至爱的责任。所以，与其说感谢勇气，倒不如说感谢给予自己勇气的希冀，以及前行路上赋能鞭策的那些人。"小周在精美的卡片上说。

的确，这个社会也许有太多的理由让我们浮躁，让我们畏惧，但沉湎于犹豫的人也终将被这个社会抛弃。哪怕暂时只是普通的一滴水，只要勇敢流向远方，谁说就不能最终抵达大海，进而迎来属于自己的辽阔天地呢？

为了站在你身边，我走了好多年

作者：思君

医院正常例会上，小曦安静地坐在会议室的一角。这是她来到医院实习的第一天，她如愿地来到了胸外科。此时，她看着在上面讲得神采飞扬的越明，思绪不自觉地飞到了那个盛夏的午后。

快期末考试了，小曦被好友拉着去了平时鲜少去的图书馆。看来，临时抱佛脚的人，并不只有她们，还有许许多多的人。

很明显，像她们这样睡到中午才去的人，是肯定没座位的。好不容易找到了两个座位，却是分开的。无奈之下，小曦只能和好友分开坐。

小曦可是抱着 60 分万岁的态度来的，所以基本上看会儿书就会东张西望一会儿。这不看还好，一看吓一跳，旁边坐着一个面容清秀的男生，小曦忍不住多看了两眼。温暖的阳光被窗外的树叶剪碎，落在了他的身上，光影交错中，长长的睫毛眨巴眨巴的，很是可爱。

他看得很专心，显然没有发现此时正有人看着他。

小曦也不曾想到，20 岁的那天，眼前这个好看的少年，就这样闯入了她的生活，并让她的生命轨迹发生了翻天覆地的变化。

"小曦，小曦，林小曦！"耳边传来的是雪儿压低的声音，小曦的目光这才渐渐地聚焦到了眼前，侧头看着雪儿说："干吗？"

"什么干吗，你刚刚没听吗？越医生要找助手，你要不要去试试？"雪儿对于小曦的心不在焉，显然有些难以置信。

谁知道，小曦一听到雪儿如此说，连忙摇摇头说："疯了吗？我才不要去，我可不想在他面前丢脸。"

"你是不是傻，你准备了那么久，这么好的机会你不去？"

"请问，你们是今年新来的实习生吗？"越明的声音依旧温润柔和，深邃的目光落在了林小曦和雪儿的身上。林小曦是喜欢越明那双如大海般幽深的眸子的，但眼下林小曦只觉得犹如芒刺在背。

很显然，雪儿不打算搭话抢了林小曦和越明说话的机会，她用胳膊肘轻轻撞了一下林小曦，林小曦这才涨红着脸说："是的，我们是刚来的。"

"是哪个学校的？"越明垂眸，一面收拾桌面上的东西，一面询问着。

"仁安医大！"林小曦依旧低着头。

"那就你来当我的助手吧。"越明突然说道，还不等林小曦反应过来，越明就宣布了散会。雪儿拉着林小曦的手，轻声地对她说："加油，林小曦，你可以的。"

"可是，我……我……真的不行。"林小曦紧张地说着。倒是雪儿一副无所谓的模样，摊摊手说："行啊，要不然，你去找他，然后告诉他，你不行。"

林小曦无奈地叹了口气，雪儿就是吃准了她看到越明就连话也不敢说的毛病。雪儿拍拍她的肩说："你默默努力那么久，不就是为了走到他的身边吗？现在正是好机会。"

"可是我……"

"没什么可是的，你刚刚对他说话不也没结巴吗？勇敢点！"

就这样，林小曦成了越明的助手。她什么话也不敢说，越明吩咐什么她便做什么，显得有些呆头呆脑。

很多次，她都想要跟越明说些什么，但是话到了嘴边却一个字也说不出来，就好像是过去无数次在学校里遇见越明那般。

越明是林小曦的学长，在图书馆第一次相遇的时候，林小曦大一，而越明是研二的学生。那次见面之后，林小曦想方设法打听关于越明的一切，之后便将越明作为自己的偶像，让自己朝着越明的方向成长。

只是她过于拘谨和自卑，在他的面前半分也不敢表露自己，生怕行差踏错一步。好友雪儿也是看在眼里、急在心里。不过，很快事情就有了转机。

那天，越明被加了一台紧急手术，原本陪同手术比较娴熟的助手已经下班了。此时，越明看到了一旁的林小曦："跟我走！"

"我……我……"

"别我了，抓紧时间。"越明一边说着，一边急忙走了出去。

手术中，林小曦跟越明配合得极为默契，而且在最关键的时候，林小曦与越明的想法不谋而合。

手术很成功，越明和林小曦两个人累极了，便相约一起去吃宵夜。他们驱车来到了一家餐厅。柔和的灯光，轻柔的音乐，林小曦贪婪地看向眼前的越明。

"越……越医生。"林小曦小心地唤了一声。

"嗯！"越明抬头，看着眼前的林小曦，接着笑了笑说，"你今天表现很棒，很少有人能和我配合得那么默契。看来，我是该对你刮目相看了。"

"什么？"林小曦满是疑惑。

越明笑着说："你再也不是我在校园里遇到的那个青涩小女孩儿了，看得出来，这些年你一直很努力。"

林小曦惊讶地张大眼睛，难以置信地说："你，你认出我来了？"

"是啊，第一次在会议室，我就认出来了。看来，这几年你很努力，就是自信勇敢一些会更好。"越明说完，便继续埋头吃了起来。

"那个，越医生，我这些年都是以你为榜样，我很努力。你学的东西我都去学了，就是为了能够站在你的身边。"

林小曦不知道是哪里来的勇气，总之，在越明说了"勇敢一些"这句话后，她就突然想要将压抑在内心多年的话，通通告诉他。

成也好败也罢，无论如何都该为自己这 6 年的青春有个交代。越明微笑着抬头看向林小曦说："傻丫头，我等你这句话很多年了。"

窗外灯火璀璨，悠扬的乐曲依旧，他们相视一笑，像是走了许久才见一般。

第四章 —— 你是否敢为自己放手一搏

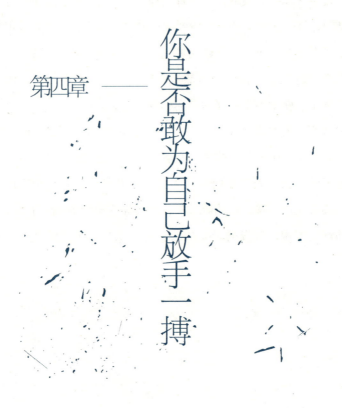

遵从自己的内心，是最值得骄傲的一件事。人生的火车匆匆而过， 过去了就没有重新来过的机会。所以，不要在失去一切的时候再去追悔人生，要对自己的人生负责。

遵从自己的内心，要比随波逐流好上一百倍

作者：慕新阳

上大学的时候，我在一次活动中认识了米莉。

米莉来自江西，学的是播音主持专业。她有俊俏的脸庞，头上扎着高高的马尾，走起路来左右飞舞。

我所在的大学不是"211"，也不是"985"，而是一所名不见经传的普通高校。来到大学后，身边很多人都开启了自由模式——不，放纵模式。因为没有了往日家人的督促，淡忘了临行之前对大学的期许，游戏、追剧、睡懒觉、逃课竟成了一些人习以为常的事情。

米莉与他们不同，她是那样的自律和努力。四年的时光匆匆而过，她是我朋友圈里最有资格说"不后悔"的那个人。

当别人还在打游戏、追各种综艺和电视剧的时候，她选择把自己放置在图书馆的某个角落里看书；当别人还在为多睡一会儿挣扎时，她早已在操场上跑了一圈又一圈。

因为有自己的想法和计划，所以，她很难融入到集体里。每次见到她，她总是一个人脚步匆忙地奔走着，显得非常不合群。

她清楚地知道，这不是一种孤独，而是坚持。这不是不合群，而是不愿意看到自己因为合群而有朝一日被这个残酷的社会所淘汰。

这个世界，不会辜负每一个努力的人。

因为优秀，每年的奖学金必有她的份。

因为自律，她的身材保持得很好，追求者排起了长队。

但她还是喜欢做自己喜欢做的事情，播音、主持、看书、绘画、摄影、公益……她从未感到孤独，相反，她每天都觉得充实和快乐。

那时，她收到了很多大企业递来的入职邀请，工作环境和待遇都相当不错，可她还是在叹息声中一一拒绝了。她又重新出发，一心扑在了考研上。

毕业典礼上，她以优秀毕业生的身份上台发言。灯光打在她的马尾上，烁烁发亮。

遵从自己的内心，是最值得骄傲的一件事。人生的火车匆匆而过，过去了就没有重新来过的机会。所以，不要在失去一切的时候再去追悔人生，要对自己的人生负责。

就在前不久，我的好友艳伟，一个敢闯敢拼的姑娘，毅然决然地放弃了几个相当不错的就业机会，走上了创业之路。

那是一款新型的收款支付工具，背后有着强大的技术团队和运营团队。而作为当地的市场负责人，艳伟承受着总公司下达任务的压力，也背负着团队一起实现理想的期望。

从寻找办公地点到招聘员工，再到购买办公用品，做市场调研，所有的事情都是她自己完成的：她既是老板，也是清洁工。

她早就料到创业之于就业的艰辛，每天都觉得时间真的不够用。她常常会忙到后半夜，拖着疲惫的身体回家后，还要继续做计划、想战略，最后躺在床上却没半点想睡的念头。

她天生就是一个"折腾派"，没人想尝试的事情，她总会冲到最前面。26 岁的时候，她就独自到西藏、沿海城市去闯荡过了。

　　这段时间，她说总有一个声音向自己呼喊：你不是想买自己想要的东西，过上自己想要的生活吗？这次机会来了，千万别认尿！

　　当然，关于艳伟的选择，有人支持、鼓励，也有人反对、嘲讽。

　　其实，艳伟也明白，一个人无论做什么都会出现不同的声音，既然这样，索性就不去在意。这么多年来，一直在乎别人，却忘记了取悦自己。

　　她曾发过这样一条"说说"："内心坚定的声音告诉我，无论别人怎么说、怎么看，你都要相信自己，那种从未有过的内心渴望一直点燃着我，让我越发地坚定。"

　　那天，她拿到了属于自己的工作室钥匙，内心的那种激动，她这辈子也不会忘记——真是激动到想哭。

　　她常常问自己这样做到底是对是错，是不是太折腾，甚至会怕自己最终一败涂地。但比起这些，她更怕自己会后悔，更怕到暮年回首人生时，会带着深深的遗憾。

　　谁都不知道在未来自己会遇到什么，需要面对什么。但我可以确定，这个无畏无惧的姑娘一定可以活成自己想要的模样。

英雄都有一颗朴素的心

作者：农秀红

　　读书时代的我很单纯，就是那种一心只读圣贤书的人。既不崇拜英雄，也没有什么偶像。大学毕业后，由于从事公安宣传工作的关系，我接触到了一个五彩斑斓的生动的警察世界。说实在话，我这人并不是特别的多愁善感，但却常常被一些平凡的人和事感动着……

　　这是一位普通民警的故事。然而，如果不是因为他的牺牲，我断不会知道有这么一个人存在。

　　1996年9月14日夜，在执行任务后归家的途中，为了抓捕一名抢劫女青年挎包的歹徒，南宁市公安局永新分局刑侦大队缉毒组民警劳军赤手空拳与歹徒展开搏斗，不幸被歹徒的尖刀刺中心脏，献出了只有27岁的年轻生命。

　　当时，一个消息灵通的警察朋友最先向我透露此事。我一番打听，了解到牺牲民警劳军的一些情况。听说他责任心强，因为事件是在他下班后的路上发生的，他本来可以不管；听说他很勇敢，因为他当时身上没有带枪；听说这个人很好学，原来当过工人，后来以工代干考入了广西人民警察学校；听说他很不识时务，因为在人人下海经商的大潮中，他毅然选择了一份与其父亲相同的职业——当一名人民警察。警服在身，意味着奉献，意味着牺牲，他不会不懂；而且听说他积极上进，才进公安队伍不久就入了党。

那时的我很年轻，从未探寻过死者的英勇和无畏，不免顿生出更深地挖掘此人的欲望。

接受我采访的自然不是他本人了，而是他的父母、他的同事、他的女友。并不是因为人死了，人们才把荣誉都授予他。在他的家我看到，就在他自己卧室的抽屉里，珍藏有厚厚的一叠荣誉证书，这些足以向大家证明一位年轻人生前所做的种种努力。它们是某种意义上的历史见证。我才说想看看他活着时的样子，他的家人便拿出了他的相册。我看到的是很普通的一个男孩子，那张朴实生动的脸灿烂地绽放着，正充分展示他年轻的自由与活力。

记得采访那几天，我多次奔走于劳军家及其生前所在的单位的路上，几天的忙碌之后，我却有种茫然：属于这个人的东西太多太多，我竟无从下笔。你想吧，一个人的一生在短短的几天里被浓缩到我的面前，且满满地塞进我的整个脑子。我要整理的不仅是头绪，还要调整自己的心情。何况那时已有人开始否定劳军，说什么他因为功底弱，抓不到歹徒就罢了，还搭上自己的性命，窝囊！但随着采访的深入，我并不这么想，我觉得最应该肯定的，是他奋不顾身冲上前去制止罪恶的那一刹那、那一精神。冲着这一点，我就觉得劳军很了不起，是个英雄。生命的辉煌就要有面对死亡的勇气，而只有一种对工作的执着与热爱才有这种不顾惜自己生命的事情发生。只有一次的生命对每个人都宝贵得很。劳军让我感到一份触及灵魂的敏感——责任心。原来，英雄的英勇，只因他有一颗朴素的心。在采写这篇文章的时候，我分明感到自己被一种力量鼓舞着，那是一种催人奋进的力量。劳军带给我的震撼可想而知。事实上，许多滴血的忠诚就在我们身边，我无法不为生命中多次重复的悲壮而震惊。

"英雄"真是个神圣的字眼，仿佛只有顶天立地的好汉才配得上；"英雄"应该距离我们常人非常遥远，一般人只能有仰望的份儿。其实不然。我这位永远的朋友就是这样无声地向我传达了"英雄"二字的含义。

一个人的一生都会有很多朋友。一个好的朋友就是一所好的学校，既教会你做人，又督促你奋发。在近几年的采访中，我结识了许多平凡岗位上兢兢业业工作着的民警，这是一群懂得人生真正意义的人。他们使我懂得，人活着就应该坦坦荡荡，怀着一份平常心，干好每一件平凡事。

教我如何做人的朋友，带给我教益的朋友，我都会永远记住他们、感谢他们。

翔

作者：凉月满天

有一个人的经历很"杯具"。他和朋友通电话，外面下大雨，天降神雷，把他劈焦了。

这道闪电至少高达18万伏，电流烙得他浑身发黑、纹路清晰，整个心脏麻痹了三分之一，连专家都说这人肯定没救了。

结果，他居然活下来了。

当他稍微一能动，就开始了艰苦卓绝的复健工作。

他哥哥给他带来一本《解剖学》，又用衣架替他做了一个滑稽的头套，把铅笔插在上面，让他能利用铅笔上的橡皮擦来翻书。他对比着书上的图，从手上的一束肌肉看起，集中注意力，和它说话，并试着移动它，哪怕只能移动八分之一英寸，他都非常高兴。

几天后，深夜，他决定下床，身体落地时发出了"砰"的一声。然后，他像毛虫一样蠕动身子，身体慢慢转动前进，抓住床边的铁条、被单、床垫，好几次都跌回冰冷的地板，天亮之前，终于爬回床上，就像攀登山峰一般快乐和疲倦。

除了他自己，没有人相信他可以渡过难关。他竭力呼吸的模样，让人觉得他不过是奄奄一息挨日子。有一回，邻居探病，他的模样刺激得人家差点吐他身上。医生说："让他回家过他最后的日子吧！他在家会比较舒服些。"

雷击让他的大脑也受了损伤。有一天，他发现自己坐在餐桌旁与一位女士说话，问："你是谁？"对方一脸震惊："我是你母亲！"

两个月过去了，除夕夜时，他决心自己走进餐厅。从残障者的停车地点起，他用两根拐杖撑着，缓缓地向前移动，他称之为"蟹行"，因为他看起来像是半死不活的螃蟹拖着大钳子，越过干涸的陆地。十几二十分钟后，他终于进入餐厅，累得气喘吁吁，喘气像小狗。随行的妻子叫了两碗馄饨汤，结果汤放在面前，他头晕目眩，一头扎进汤里面。

医院的账单越积越多，他卖掉车子、股份、房子。他破产了。

他就这样债务压身，满身残疾，因为怕光，出门戴一副焊工用的护目镜，身体歪歪扭扭，看起来像个大问号，穿一件过膝的军用雨衣，撑两把拐杖，咔啦啦地前行。有人说他："那家伙看起来像是正在祈祷的蟑螂！"

有人问他为什么不放弃生命，他说："我为什么要放弃？"

当然，有段时间他确实很想死，因为实在是太痛苦了。可是，他却一直活下来。这个人叫作丹尼·白克雷（dannion Brinkley）。我在网络视频中见过这个人，长脸，络腮胡，声音有些尖细——估计电流让他声带受损了，却丝毫也看不出来这个人是个被神雷亲吻的残疾人。

他让我想起君王蝶。

君王蝶，黑黄相间的翅纹，看上去的确有似帝王般的沉稳。它的翅膀轻盈舞动，像流动的彤云。当晚云镶着金边，就有这样的壮观。

它们在飞，在迁徙。得克萨斯州的格雷普韦恩是君王蝶迁徙的必经之路，上百万只君王蝶途经这里，跋涉 3200 公里，飞往墨西哥过冬。

它们是蝶，不是鹰。

可是，它们中任何一只都不会去想：我是蝶，不是鹰。我会不会失败？我失败了怎么办？我这样做值不值？

还有，每当秋风吹起、落叶初飞，在加拿大刚度完夏天的刺歌雀就成群结队地飞往阿根廷，义无反顾，穿山越岭；还有一种极燕鸥，在北极营巢，却要到南极越冬；还有一种鳗鱼从内河游入波罗的海、横过北海和大西洋，到百慕大和巴哈马群岛附近产卵；还有，生活在巴西沿海的绿海龟，每年 3 月成群结队地游向大西洋中的阿森松岛产卵；还有，生活在亚洲、欧洲和北美洲的太平洋、大西洋沿海的大马哈鱼，逆水游泳，突破险阻，一直游到远离海洋的江河上游的出生地……

生命的所有元素都是乐观的。

壮丽的乐观。

乐观是因为有信心，自己是受到恩待和眷顾的一群。

君王蝶不会觉得自己傻，大马哈鱼即使被狗熊衔在嘴里，也不认为自己失败。老不可怕，病不可怕，灾难不可怕，没有那种壮丽的乐观才可怕。

太阳会照耀雨会下，动物显然不担心明天的天气状况，会忧虑的只有人类。我们殚精竭虑，追求健康之道，却在追求的过程中越来越因为忧虑健康而变得衰老。

一本书中这样写道："来到地球需要相当的勇气，因为你们愿意来到宇宙中这狭小的空间做试验。在地球的每一个人都应自尊、自傲。"

那么，就带着自己的自尊、自傲，以壮丽的乐观，像君王蝶一样，穿越生命，振翅而翔。

梦想，让我们与众不同

　　端一碗茶，沐浴在阳光下，感受着清澈的茶汤中涌动的起起伏伏，轻轻俯嗅，连空气中都是空山新雨后的芳香。

　　这是年华的沉淀，这是青春的芬芳。

　　时光如流动的浮苏，闪动的银沙，潺潺地从指缝间流淌至未来。想起年少的冲劲，却着实令如今的自己十分羡慕。这样的勇敢，恐怕此生都不会再有。

　　因为父亲是军人的关系，我从小就对军队的生活充满了向往，是动漫的美少女变身、奥特曼打小怪兽所无法比拟的天真幻想。

　　花季爱幻想，雨季爱叛逆，率性的青春是最大的资本，可以恣意妄为，可以天马行空。

　　于是，有一天我们聊起成长，聊起梦想，我说："我想当一名军人，像我爸爸一样。"他们说，这不该是女生的梦想，女生应该喜爱唱歌跳舞……喜爱一切和美好有关的东西。

　　不爱红妆爱军装，但是没有人会嘲笑这样的梦想，尽管总有人用

"苦""累"来形容。

中考结束，即便成绩顺利迈入了高中的分数线，在得知有征兵消息的时候，依然想努力往梦想的方向前进，哪怕只是一小步。

当所有人都劝慰先读完高中时——以各式各样的理由，我终于妥协，向现实低头，向知识低头。但这丝毫不妨碍梦想随着年龄的增长而滋长出希望的光，毕竟还有高考的一道坎能跨过千山万水供我们追逐嬉戏。

高三面临的警校考体能，是以先斩后奏的形式通知父母的，我用积攒的零花钱订了去杭州的车票，和同班的几个同学拼一间房间打地铺，和来自全省各个高中的体能尖子拼体力。

那一天，挥汗如雨。那一天，疲惫不堪。那一天，心情愉悦。那一天，吃上了人生第一次的麦当劳，觉得美味无比……只有那一天，觉得自己的生命都洋溢着五彩缤纷的色彩，仿佛已经穿上了一身骄傲的军装。

这是此后经年都不会被遗忘的愉悦纪念。是梦想，让我们与众不同。

梦想终究只是梦想，读了理科，成了一名工程师，嫁了一名军人，像父亲一样，每天为我讲述他在部队的故事，从训练到执勤，从野战训练到战争。见过他的战友，尚未去过他的第二故乡。

我想，如果有机会，我多想去那里看一看，如同梦想成真一样，心生喜悦。

他自远方来

作者：玲珰

这个名为瓦西的村子位于河谷地带，这里气候宜人，土地丰饶，天空透彻空灵，行走在净冷的草原，脚步虽快，心却宁静至极。在距离学校前方大概三百米的地方有一条浅浅的小溪流，穿过了这里的几个村庄。

牛油果色的长裙，充满了春天的气息；白皙的皮肤，这是未经过高原上强烈的紫外线长期的照射，不同于当地人的肤色。不过，他们还是最喜欢林晚晚的鼻子，鼻突圆润小巧，鼻骨坚挺笔直。在当地人的眼里，鼻子越高，越能给他们带来幸运。

孩子们对新来的支教老师林晚晚充满了新鲜感，一下课便围着她问东问西。当她回答得口干舌燥时，那个人的出现拯救了她。

远处，一个挺拔的身影进入了她的视线。他拿着书本走来，由于昨晚下了雨，他的白色鞋子周围沾了些许泥泞，他走在学校围墙旁边的水泥地上踏了踏。这时，孩子们都看到远处的他，一窝蜂全跑了过去，林晚晚的周围瞬间空空如也。

他来到林晚晚身边，伸出一只手，笑着说："初次见面，我是惊蛰。"

林晚晚愣了一秒，随即礼貌地微笑伸手。原来，他就是之前老师们口中提到的另一个汉人惊蛰。

他长眉入鬓，深邃的眼眸漆黑如墨，棱角分明的侧脸勾勒出好看的弧线。他穿着黑色的 T 恤，干净利落的寸头透着凛然的英锐之气。

看来，他挺受欢迎的。

也是，谁不喜欢好看的面相呢。

林晚晚教授语文，而惊蛰教授数学，他们经常在接手课程的时候打照面，久而久之也慢慢熟悉起来。

那天，林晚晚看见惊蛰和其他几个男子拿着两个大篮子和几条结实的登山绳走了出去，不明所以。于是，她好奇地跟在他们后面，想看个究竟。

她看见惊蛰他们来到险峻的崖边时，其中两个壮硕的年轻人正在捆着一大把艾蒿，然后点燃。

惊蛰不经意一转头便瞥见了远处的林晚晚，有些诧异，说："你怎么来了？"

林晚晚有些尴尬地走近惊蛰，一五一十地说："没什么，有点好奇你们要做什么。"

只听惊蛰轻声一笑，一边把绳索铺展开来，一边解释道："这岩壁的下面有一个巨大的蜂巢，直径超过两米，我现在要把蜂巢采下来。"

林晚晚看着惊蛰把绳索上的扣系在自己腰间的绳索上，觉得他简直是天方夜谭，下面是著名的悬岩蜂，平均能飞到四千米以上，寻找高原上最顽强的花朵，毒性也是极强的。况且他采摘蜂巢拿来做什么？总不可能拿去卖吧，这太危险了！

没等林晚晚再开口，另一头，其中一个年轻人吊着那个点燃的艾蒿，转头对惊蛰说："蜜蜂已经被熏走了，可以准备了！"

林晚晚看着惊蛰利索地把自己裸露在外的肌肤包得严严实实，莫名地紧张。

林晚晚还想说些什么，最终却放弃了。

那几个年轻人在上面固定住绳索，另一方，惊蛰抓住绳索，双脚登在凹凸不平的崖壁上，小心翼翼地滑下去。

林晚晚焦急地探头向下看去，悬崖的底部是两条河流汇聚，掀起巨浪，一个从未被人采摘过的巨大蜂巢蛰伏着。即使是当地人，也不敢轻易尝试去那个地方。如果被蜇，就会失去知觉。下面又是汹涌的河水，无处躲藏。

林晚晚看着愈发靠近蜂巢的惊蛰，她的手心早已布满冷汗。

另外两个年轻人见时间差不多了，便把林晚晚准备的篮子套上绳子吊下去，让篮子和停在蜂巢旁边的惊蛰持平，惊蛰固定住篮子，然后用早已准备好的削尖了头部的竹子戳向蜂巢。这时，还是有剩下的零星的悬岩蜂往外飞出。林晚晚看着下面的情况，心都提在了嗓子眼儿。

时间一分一分地过去，篮子越来越重，最后，整个蜂巢终于被采下来。

林晚晚也终于松了一口气。

回到学校后，林晚晚才知道，惊蛰要取的是蜂巢里的蜂蜡。

班上有个孩子叫泽仁，她有严重的夜盲症，冬天放学时天色稍微一暗，回家就很困难，而惊蛰听说蜂蜡内服可以治疗夜盲症，所以才会有今天白天的举动。

林晚晚看着眼前笑意满满的惊蛰，若有所思。

惊蛰……

"二月节，万物出乎震，震为雷，故曰惊蛰。是蛰虫惊而出走矣。"古书上的惊蛰时节意为大地苏醒，万物复苏。

林晚晚觉得，这名字倒是挺符合他的。

勇敢面对，才能收获成功

作者：三木

前些日子，我们当初大学的同学进行了毕业之后的第一次同学聚会。到场的几乎都是过得还不错的同学，其中最引起我注意的便是晓蕾了。并不是说她的长相发生了什么巨大的变化，而是她是我们当中第一个毕业后跨专业考研并成功的。

我们的学校是著名的工科大学，尤其是我们机械专业，一个班里有一个女生都足够让任何班级羡慕不已了，就别说有好几个女生了。晓蕾作为班上仅有的几位女生之一，除了能和班上的所有男生打成一片，她最大的不同就是她有一个关于文学的梦。

在大学期间，除了那些和我们一起在网吧打英雄联盟的日子，她最大的爱好就是窝在寝室里写文章。具体我们是怎么知道的，自然是来自于她在朋友圈秀的一个个过稿样刊。

直到大二的时候，我们约她准备去打游戏的时候，她第一次拒绝了我们的请求，原因是她在赶稿。前段时间，她刚和一个文化公司签订了

一整本书的写作合同。这段时间，她最重要的事就是写稿子。

不到一年，当我们看到她在空间秀的书籍封面，我们所有人都对她表示了祝贺。除此以外，晓蕾又做了一件令我们震惊的事。

众所周知，大学的日子总是过得异常的快，就在我们所有人都在纠结要不要考研的时候，晓蕾便确定了自己考研的志向，最关键的是她报考的专业竟然完全和机械无关，而是编剧专业。

我们所有人都觉得她一定是疯了，才敢跨专业报考研究生。但是，她说她自己想试一试，她不缺从头再来的勇气，文字就是她的梦想，哪怕不成功，她依旧会继续尝试的。

考研，是一场没有硝烟的战场，而晓蕾却在一个人坚持不懈地奋斗着。在她成绩下来的当天，班上所有的人都在等待着她的消息。得知她成功的消息后，我们竟然都为她松了一口气。

在同学聚会上，我还特意问了她现在的情况。她对我说："我真的非常感谢当时勇敢的自己，不然自己的梦想一定不会就这么快实现。"虽然她的大学是工科，但是因为考研成绩优异，老师们也非常看好她，现在由她写的作品也正在拍摄中。

有的人说，如果一个人想要成功，那就一定要有足够的运气与机会。但实际上，我们最需要的往往是勇气。哪怕是从头开始，不要害怕，相信自己，一定能够收获成功！

因此，不妨去多做一些自己想做的事吧！有时候，那些看起来困难的事情背后，都会有成功静等着你来访。

随波逐流的痛苦你们不懂

作者：言秣

游戏里的甄姬，总是透着一股忧伤的味道，嘴里念着那句令人心绪百转千回的话："随波逐流的痛苦你们不懂。"

我们常常认为，随波逐流是最低成本的为人处世方式，它意味着站在多数人的队伍中，意味着零风险。素来就有法不责众的说法，也有少数服从多数的论调，似乎只要站在人多的那一方就成了胜利者。

真实的情况真有这么乐观吗？

性格内向的刘雯从小就喜欢站在多数人的队伍中。对于她来说，这似乎是一种自我保护的方式。

上幼儿园那年，老师提出一个问题，同样大小的铁和木头放在水缸里，哪一个会沉下去，哪一个会漂浮在水面上。

这个问题看似简单，对于幼儿园的孩子来说却非常难，他们中不少人甚至连题目的意思都没理解透彻。

巧的是，刘雯的爸爸曾带着她做过实验，实验证明铁会沉入水底，而木头会漂浮在水面上。

可是，让刘雯和幼儿园老师都惊讶的一幕发生了，多数学生选择了木头会沉下去。原本打算选择铁块更重的刘雯，忽然改了主意，也选择了木头。

这件事并没有让刘雯意识到从众并不代表正确，多数人的意见也有可能是偏见，她仍旧喜欢把自己藏在人海里，仍旧害怕发出和别人不一样的声音。

但中学时发生的一件事让她开始意识到，随波逐流同样需要付出代价。

刘雯的成绩一直处于比较尴尬的阶段，不上不下。当学校按照成绩进行分班时，她被分到了差班。

让刘雯惊讶的是，她原本不上不下的尴尬成绩到了差班竟变成了优异成绩，各科老师对她格外关照，拿出了要将她培养成国之栋梁的架势。对很多学生来说有如此优待是件好事，这意味着自己可以在老师的监督、鞭策和帮助下提升成绩，让自己变得更优异。

可是，刘雯却很排斥这种感觉。她拒绝出类拔萃，拒绝与别人不同。为了让老师把注意力转移到别的同学身上，刘雯开始了一套自降成绩的方法。

上课时，她不再认真听讲，总是把头埋得很低，担心会被老师看见，会被叫起来回答问题。考试的时候，她胡乱答题，只求一个差班的中等成绩。

三天后，老师公布了成绩。她如愿以偿地把成绩降到了班上的平均值，但并没有因此摆脱老师的注意力。因为她成绩下降得太快，从班上的前三名下降到了班上的三十七名。各科老师轮番找她谈心，但她紧闭心门，不愿意告诉老师自己的真实想法。

最终，刘雯被班主任说动了，认识到自己的行为多么荒唐，为了让

93

自己和差生看齐而主动变得更差。可是，当她想提升成绩时，才发现自己落下了太多课程。

大学时，刘雯和七个女孩住在同一间宿舍。宿舍里有一名同学来自山区，人很淳朴也很内向，穿着也跟不上当时的潮流，总是引来一阵阵嘲笑。

刘雯并不想欺负人，可是，当她看到所有人都在欺负那个女孩时，她再一次站到了多数人那一边。

每次看到她偷偷哭泣的样子，刘雯的心里其实很难过。可是，当其他人都在欺负那女孩时，她仍会大笑着和她们一起取笑那个女孩。

一年后，那名室友从宿舍阳台上跳了下去，事情轰动了整个高校界。

室友跳楼的当天，刘雯在自己的床上发现了一封绝笔信，信上的每一个字都是那名跳楼者对她的控诉。那一刻，她彻底崩溃了，也彻底醒悟过来，自己走过的这些年是多么可笑、可悲、可恨！

一个鲜活的生命，因为她们的自私狭隘和无情的取笑就这么没了。室友年迈的父母在宿舍里哭得晕死过去，却仍然唤不回他们的女儿。

自那以后，刘雯不敢再随波逐流，不敢再害怕与别人不同。从一开始她就应该懂得的道理，却在搭上一条人命后幡然醒悟，着实有些晚了，也有些残忍。

没有原则的随波逐流与为虎作伥没什么分别，不要以为藏在人群中就是最安全的。错就是错，不管有多少人拥护错误的答案，也终有水落石出的那一天。不要以为随波逐流是成本最低的生活方式，殊不知它在给了你一点甜头后，会于无形中消磨你的原则和人品，最终让你变成一具傀儡。

没勇气挑战的人永远不会有进步

作者：赵悦辉

这是我初中时候的事情了。

我的数学成绩一直都不太好，小学是这样，初中还是这样。因为数学拉分，所以即使其他科成绩还不错，但是总成绩在班级里还是不太好。

一次月考之后，我排在班级第二十五名，而我的好朋友婷婷排名第十。为她高兴的同时，我也为自己发愁。为什么同样都是学习，差别会这么大呢？问题到底出在哪里呢？

婷婷似乎也看出我的忧虑。中午吃饭的时候，她对我说："这次的成绩和上次比起来进步不大，有什么困难你跟我说，哪里不懂你问我，我知道一定告诉你。"

"嗯嗯。"我点点头，情绪还不是很高。不是嫉妒婷婷，只是不知道为什么自己学不好。

"我们向李朋发起挑战吧！"突然，婷婷说道。

"挑战？他可是班级第一！""我当然知道他是班级第一。但是，那又怎么样？他又不可能永远都是第一，我们超过了第一，他就不是第一了。"

"可是，我们怎么比得过他呢？你的总分比他低了三十多分呢，我比你还低了三十分呢！"我摇摇头，从入学开始从来没有进过班上前十，怎么敢痴心妄想超过第一呢。

"你平时胆子挺大的，怎么到学习上胆子这么小？你连一个远大的目标都没有，又怎么可能实现目标。

没有目标，学习怎么会有力量呢？咱俩也可以互相帮助，我帮助你数学，你帮助我英语。一次超不过，可以继续努力，还有一年半的时间呢。你怎么这么没胆量，这还哪是我认识的那个勇敢的辉辉？一句话，你到底敢不敢？"

"敢，比就比，有什么大不了的。"人活一口气，不能让婷婷看扁了。

就这样，我和婷婷向开学以来一直稳居第一的李朋发起挑战。没考第一的人要请考第一的人喝奶茶。

周围很多同学听到我俩的赌注，也开始下赌注。有人说我俩痴心妄想，笨鸟还想一飞冲天。也有人支持我们，认为只有人想不到的，没有人做不到的。

我和婷婷按照约定的那样，各买了一本练习册，除平时各自的学习时间外，每天抽出半个小时给对方讲题，我给她讲英语，她给我讲数学。都不会的就去问老师，不偏科，绝不会不懂装懂。

因为有了挑战，我学习真的有了很大的动力，虽然知道胜利的可能性是百分之零，但是还是没有放弃。

期中考试成绩出来，李朋还是第一。虽然我俩输了比赛，但是没有一点不高兴，因为我和婷婷的总成绩都进步了二十分以上。后来，虽然没有大张旗鼓地向李朋下战帖，但是我和婷婷都把李朋作为目标，每次考试都暗自向李朋发起挑战。

中考的时候，我和婷婷的成绩跟李朋相差不到五分。这是之前我从来不敢想的事情。

如果没有初二的那次挑战，我想也不会有我飞跃性的进步。

原来，挑战可以让人进步，不敢挑战的人心中的天地小，最后能看到的天地也小。笨鸟也是可以一飞冲天的，就看它有没有那个勇气挑战，有没有那个胆量。

第五章 —— 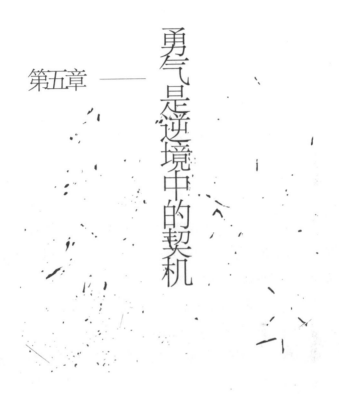勇气是逆境中的契机

勇气有时候是一瞬间的决定，甚至有时候是一辈子的执念，是让你明白了生活真谛后，依然热爱生活，渴望明天的到来。

桑

作者：夏海涛

　　这是期待的那朵白云吗？桑撩起汗水浸湿的长发，随便地望了一眼。湛蓝湛蓝的天空上，点缀着几朵棉花云。白云团被微风用一根细绳牵了走，婀娜的步姿透出一股难以言传的风情。

　　"像蚕丝一样柔呢。"桑想着，又抬头望了一眼天。

　　一大片桑林轰轰烈烈地绿在白云下面，桑走在中间，像一片叶子融在了林中。采桑呢，桑对着白云说话。那云不知是否听懂了，像蚕一样蠕动着，慢慢地消失在远方。

　　桑亭亭地立在地上，泥土的底蕴丰富在青春的枝头，数度春秋，桑已像母亲一样披满绿叶了。

　　桑说，我是为蚕生的。

　　桑说，我是为白云生的。

　　桑穿过浓密的林子采桑。每天早晨，叶上滚动的露珠是桑手中的珍珠。好清脆呢，桑说着，用纯净的耳朵去倾听两颗露珠的撞击。蚕是露珠的精灵呢，难怪蚕这鬼东西长得丰满欲滴呢。桑暗自笑了起来，桑笑起来的时候，太阳就在东边脸红了。

蚕是吃桑长大的，蚕宝宝从小要经过四次蜕变，要在桑叶的清香中"死"过几次，然后才能变成真正的蚕宝宝。雪白的身子，即使是在黑暗中那雪白也会像利剑一样夺人双目的。桑喜欢蚕，喜欢这种古老的毫无抵抗力的虫子。桑用手指蘸着口水，一笔一画地写着天虫——蚕。"还天虫呢，柔软无骨的天虫！"桑用柔柔的口气嗔着。

桑每天采桑，看着雪白的汁液流出，心中便充满了无限哀伤。"她流泪水呢！"桑一遍遍地想着，却又无助地一次次去采摘着，直到把篮子装得满满的。

桑的篮子很大，是荆条编成的，柔韧的荆条被刀劈开，经过编织变成了篮子，荆条的生命就在篮子上延续。桑用大篮子盛叶，绿绿的叶子就整齐地卧在篮里，像一群等待献身的战士。

真的像牺牲的战士呢，桑胡乱地想着，被自己的想法打击了一下，情绪有点低落。桑叶离开桑枝时流出了白色的液体，很浓很浓的不带任何杂色，是泪水呢！桑的胸口很小心地疼一下，桑的心非常脆弱。

桑生来就要被摘呢！桑深深地叹息。蚕吃桑叶，可谁吃蚕呢？桑知道，经过几次生死的蚕变成了蚕宝宝，吐丝、织茧、变蛹、成虫，然后产下希望之卵，然后去死。可是，只有极少数的蚕能够走完这个过程，大部分的蚕在自己织就的巢中，怀着一个美丽的梦就死掉了。它甚至没有选择自己生死的权利。桑对蚕产生更深刻的同情了。

"不易呢。"桑对蚕说。

"不易呢。"桑对自己说。

桑便给自己编一些故事。桑想，叶子是天空呢，蚕是白云呢。每天采桑时，她总是不时地望一眼天空，期待着会有一朵白云飘过。

白云是蚕的精灵，那五彩缤纷的朝霞、晚霞，那一道道横跨天际的彩虹，全是蚕的灵气变化的呢！桑从未穿过丝织衣服，可桑知道，那是她的桑叶变的，是她的蚕宝宝变化的呢！桑的韧性被蚕吸收，变成了一根根白色的柔丝，变成了一帛帛五彩的云霞。

只变换了一下呢！桑为自己想出的理由而高兴，桑是不会死的，蚕是不会死的，都活在另一种形式里了！桑被自己的想法所感动。她采桑时，经常静静地看一会儿天，看一朵又一朵飘过的白云。

桑在白云下轰轰烈烈地绿着。

断翅的蝴蝶也能飞过沧海

作者：张莹

她一心想飞出这片田地，要一场淋漓酣畅的生活，让自己如一树春花，灿然地开放。

她具备这样的品质，聪明、坚强、好学、隐忍。可是，一辈子面朝黄土背朝天的父母，禁锢着自己的理想，女孩子家的，能把小学读下来，就足够了。接下来的日子，她就在父母的催促下，和父母一道日出而作，日落而息。

她恳请父母："让我去读初中吧，哪怕放学后，从学校直接赶往地头，也心甘情愿。"父母没有答应，他们认为那样会耽误很多活计。她咬咬牙，没说什么，低头做着活。自己这只断了翅膀的蝴蝶，还能飞吗？她心里颤颤的。

从地里回来，她帮父母做好饭，吃完收拾利索了，悄悄来到村东头顺子哥家。顺子哥是村里有名的好学生，在镇上读中学呢。她喜欢他屋子里的书，而顺子哥也喜欢这个安静的小姑娘，把自己的书一股脑地借给她。她欣喜着，认真地看书，然后，又很认真地把书整齐地还给他。

还书的时候，她会把自己记到小本本上的问题，一点点地问顺子哥。顺子哥打趣她："你看这些有什么用？"她就红了脸，恳求他讲一讲。顺子便笑了，说："开玩笑呢。"然后，就讲给她听。她听得很认真，她能感觉到此刻自己的心在舞蹈，能感觉到自己一点点地长了翅膀。

偶尔，父母会唠叨上几句。她也从不多语，因为她实在是没有耽误父母的什么活计。时间久了，父母也就任她去了。

渐渐地，她的脸上多了几分笑容，阳光明媚的。偶尔，她还会和父母说："今天多除了两垄草呢！你们该奖励我！"父母憨憨地笑着，感觉自己的女儿真是个种地好手呢！

可是，父母没有看到，在她开心的背后，是手里渐渐磨起的茧。还有，一个个清晨早起读书，一个个深夜写字的身影。只有她自己知道，翅膀断过了一次，要再想飞，就要多一份磨砺，多一份付出。想象着未来的美丽，这一切苦楚，竟让她乐以忘忧，不能罢手。

六月，麦子金子一般的黄，正是忙着收割的时节。她却说，她要去考试。父母一惊："你三年未上学，考的哪门子试？"

她说："让我和顺子哥一起去试一试吧。我只试一试，好吗？"

父母拗不过她，只好答应了她。

她生了翅膀的心，在这一刻，终于飞翔了起来。她求镇上的老师，给她报了名，以社会青年的名义参加中考。

结果是在情理之中的，她落榜了，与高中无缘。但她依然很开心，为了这一天，她悄悄地奋斗了三年。三年里，她品尝了读书的快乐，知道了奋斗的滋味，也更明白了，即使断了翅膀，也一样可以再生出来。

虽然她落榜了，但三年从未进过校门的她参加中考的消息，却是很快传遍了大街小巷。很多人都被她的精神所震撼。镇里的一家私营企业老板听说了这件事，来到了她生活的小村里，找到了她。

面对人家的询问，她怯怯地低下头，如尘埃里的一朵花，却又在无形中生出很多的光华。老板说，他愿意出资让她学习，但有一个条件，学成回来要到他的公司上班。

　　她双眼亮了起来，使劲地点头。但又顾虑了，担心她的父母呢！老板说，父母的工作他来做。她笑了，她终于以自己的付出，赢得了机会，赢得了重飞的翅膀！

　　后来，她被送到技术学校学习，学成回来，宛如脱胎换骨般，很是干练，在镇上的私营企业里做得如鱼得水，快乐地生活着。

　　她，就是我的堂姐，如今已年近四十。想起从前多少时间的挣扎，仿佛已是恍若隔世。她笑着说："即便是困难重重，成了一只断了翅膀的蝴蝶，但只要不放弃，执着地去奋斗，也依然可以飞过沧海。"

受过伤的"小土豆"

作者：凉月满天

短发，中等个，面白皙，稍微有点龅牙，又爱左右晃着头笑，像一朵嫣然摇笑的洋姜花，开在篱笆下。见她第一眼，我就能看见她背后长长的岁月，尽头站着一个老人，系蓝染腊布的围裙，裙带上有一双小胖手，屁股后面顶一个小脑袋，自己作火车头，小孙子作火车尾，手里端着饭菜往桌上放，大海碗土豆丝，青辣椒紫茄子。

当然，现在的她还不老，甚至还没结婚，年轻得很。又年轻又多话，又像爬满架的喇叭花，趁着春风呜哩哇呜哩哇："我还没出过远门嘞，我们老师说，就当来玩一趟。"

"我爱写字，也爱写文章，可是写字也写不好，写文章也写不好。"

"这儿真好。嗯，还有台灯，厕所也好，真干净呀。"

"啊，这儿的牙膏也要每天换呀。"

一会儿，又拿一只挺漂亮的玻璃杯泡茶——她是开茶店的，问："姐，喝茶不？"

"啊，"我喝茶的境界等同于牛嚼牡丹虫吃莲（不懂欣赏），"我不会喝。""没关系，我来教你。"呜哩哇呜哩哇……把我困得呀，两只眼睛都成了绿蚊香。

她的茶店开在一个挺小的县城的一个挺偏远的角落，去买个茶叶都得翻山越岭——为的是房租便宜。且开店也能开得拮据而潇洒，看得顺眼的，白送你茶喝；看不顺眼的，比如吃醉酒了的，或者叼着香烟，牙齿叫烟熏得黄漆漆的，怕唐突了好茶，就不肯卖，拿白眼剜人家。

君子之所以是君子，是因为他能有所为而有所不为，比如能做官而不能做贪官，能下江湖而不能为害江湖，能挣钱而不能挣脏钱，能腹黑而不能瞎腹黑，有傲骨又能谦逊待人。这个小姑娘就有一颗君子之心。

我问这个小君子，一个月能挣多少钱？

她很爽快："一千来块。"

"那你们那儿的物价怎样？"

"贵着呢。"小姑娘努力说着带有大舌头的普通话，"一个煎饼果子要三块钱，还有房子，一平米要两千五，像我们穷人是买不起的，只好住石头房……"

石头房我见过，就是大大小小的石块叠罗汉，做加法，年头久了，发了黑，石头缝里长出根根细草，有草虫蝈蝈叫。买房？那是不可能的。开茶店的本金三万块钱还是借别人的，还没还上呢。

按说很值得犯愁的人生，她却过得很高兴。此次是我们本地文联召开的青年作家创作会，课余会罢，小姑娘就会每天出门，拿回来的东西也林林总总：一张塑封的照片；一面小圆镜；一个底座是圆球的打火机，一打着火，肚皮就会一闪一闪地发光，像萤火虫一样；一只指头肚大的牛角鞋坠，鞋底有人字纹，我问她干什么用的，原来她给宾馆的钥匙配了一个钥匙链！第二天中午，又拎回来一兜干果；第三天是一方泥裹土封的砚，一只扁平刻花的碗……这些东西被她摊在床上，一样一样细细地看，然后又把砚啊碗啊泡在水里，拿小牙刷细细地刷，一边刷一边无比快乐地发表宣言："钱不花完，我不回家！"

天气太热，她又爱脱掉外衫，然后很不雅地趴在床上打电话，用她的话讲："我才不怕他们看嘞！"一副随情随性的小样，好比一把小羊角葱长在后园，天生的青辣新鲜。

一转身的工夫，我看见她光溜溜的背上有一处可疑的隆起，位置正好在脊柱处，像光滑的水面起了包，平整的树身长了球。

"这……是怎么回事？"

"啊，"她满不在乎地扭头看了一下，"我出过车祸，脊柱撞断了，还有大腿骨也断了。在炕上躺了三年哪。"

"啊！找着肇事司机没有？"

"没有——"她拉着长音，舌头曲里拐弯，唱歌似的跟我讲，"看病的钱都是借的。不过命保住了，真好——"

是啊，真好。借钱开茶店，真好；努力赚钱，真好；出差，真好；乱花钱，真好；命保住了，真好。

席间吃饭，爱上一种当地特产的土豆，指头肚一般大，洗净，上屉蒸熟，小心剥掉外皮，在绵白糖里滚一圈，原来有一点土涩的口感就变得甘润绵甜了。这个姑娘就是一个小土豆，把自己种在千万丈的烟火红尘，虽然受过伤，笑容却好似亮晶晶的绵白糖，那是这个世界永远不落的阳光。

谁说这是月光

小柚子

作者：黛帕

小柚子是金银山村大田组的一个小女孩。我第一次见她的时候，是我第一次去走访她家的时候。当时，她正坐在家门口的凳子上乖乖地做作业。看见我们走过来，她怯怯地看了一眼，然后迅速低下头去。

我走过去，对她说："你好乖啊，在做作业吗？"她就站起来跑到了厨房，躲在奶奶的背后，然后露出一双小鹿一般的眼睛望着我。

后来，在谈话的过程中，她一直躲在奶奶的背后。奶奶走到哪儿，她就跟到哪儿，然后时不时用怯怯的目光，看着我们。了解完她的家庭情况之后，我们就走了。她站在院坝上，看着我们离开。可能因为家里就只有她和奶奶的缘故，她的眼里有好奇，也有不舍。

第二次去的时候，她飞快地跑进屋里对奶奶说："上次那个姐姐又来啦！"声音里带着愉悦。距离上次见她已经过去了一个月。这次，她不再腼腆，对着我笑。我坐在她旁边看她做作业的时候，她也不再躲避。

我看了她的作业，写得很是工整。她的作业是对着三年级的数学课本里的练习题誊写的。笔记本厚厚的一本，都是这样。问她为什么，她说没有额外的练习题本。

哦，对了，小柚子 14 岁了。因为身患脑瘤，所以三年级后，为了治疗一直没再上学。她没有手机，对外面的了解渠道是老旧的电视机。她喜欢看《走进科学》，但更多时候，是她在看数学书，誊写数学题。

一年级到三年级的数学课本，被她翻了很多次，边角上都翘了起来。她跟我说，她长大后想当数学家，虽然 14 岁的她只学过三年级的数学。

好几次经过她家的时候，我都能从窗子里看到她捧着数学书在看。从三年级辍学到 14 岁，6 本数学书已经被她翻了无数遍，哪一个公式在哪一页，哪一个习题在什么地方，她都清清楚楚。

我问她为什么要当数学家，她就看着课本腼腆地笑着，摇了摇头。

后来，才从她奶奶那里知道，原来是因为在学校的时候老师曾夸过她："数学学得很棒，努力一点的话，以后一定可以当数学家。"这句话被她牢牢地记在心里，在与病魔抗争的日子里，"数学家"是她强有力的支撑与星光。

柚子在不认识的人面前特别害羞，但是熟了以后，话特别多。她好像也知道自己的情况不乐观，所以，想把这一生的话都说出来。

她还说，她原本不叫小柚子，叫她小柚子跟在外打工的妈妈有关。

柚子妈长年在福建打工挣钱给她治病。小柚子要治疗的时候，爸爸带她去福建。好一点的时候，就在家里跟奶奶，以便让爸爸有时间去做一点零工，挣一点钱。14 岁的她，已经知道"蚊子再小也是肉"的道理了。

在她生病的第 5 年，妈妈也打工 5 年了，除了寄钱外，一直没回来。10 月，她寄来了一袋柚子回来，因为福建的柚子便宜又好吃。

农村平时没有什么送人的，她奶奶去别人家借东西的时候，就带着一个柚子去；家里来客人的时候，就剥一个柚子来招待客人；在奶奶拿出最后一个柚子招待客人的时候，她偷偷拿了一瓣柚子，藏在枕头底下。一个星期后，她奶奶给她洗枕头，才发现被她压烂了的柚子。

　　从此，村里人都叫她"小柚子"了，他们都开玩笑说"柚子"喜欢吃柚子。小柚子在跟我们说的时候，也是笑嘻嘻的，把这个当成是别人家的家常一样跟我们唠嗑。但是，我听得一阵心酸，这个外号的背后，是一个与病魔做斗争的孩子——在无数日夜的思母之情下啊。

疤痕

作者：周海亮

她长得很漂亮。可是，左边的眉骨上，有一道深深的疤痕。

那时，她还小。父亲推着独轮车，把她放在一侧的车筐里。田野里到处是青草的香味，她坐在独轮车上唱起歌。后来，她听到山那边响起"哞——"的一声，她站起来观望，车就翻了。

那天，很多村里的人对她父亲说："怎么不小心一点呢？这么小的孩子。"

她喜欢唱歌和跳舞。小时候在村里的人面前唱唱跳跳，便有村里的人夸她："唱得好哩，妮子，长大做什么啊？"她就会自豪地说："电影演员。"

她慢慢地长大了。长到一定的年龄，便意识到自己的脸上有一道难看的疤。从此，她不在外人面前唱歌。她怕别人问她，长大后干什么。

后来，她去遥远的城市读大学。她读的是与"演员"毫不相关的专业。但有那么一个机会，她还是去试了试某电影学院的外招。结果，如她想象的完全一样，她被淘汰了。

她不知道，是不是因为那道疤痕。

大二暑假回家的时候，父亲为她准备了一个小的敞口瓶，瓶子里装着一种黄绿色的黏稠的糊。父亲说，这是他听来的偏方，里面的草药都是他亲自从山上采回来的。听说抹一个多月，就会去掉疤呢！父亲兴奋着，似乎对自己的话，深信不疑。

她开始往自己的疤上涂那黏稠的糊糊。每天，她都会照一遍镜子，可那疤却是一点也没有变淡。暑假里的某一天，有几位高中同学要来玩。早晨，她没有往眉骨上抹那黏糊。父亲说："怎么不抹了呢？"她说："有同学要来玩。"父亲说："有同学怕什么？"她说："今天就不抹了吧。"可是，父亲仍然固执地为她端来那个敞口瓶，说："还是抹一点吧。"那一霎间，她突然很烦躁，她厌恶地说："不抹了，不抹了。"她伸手去推挡父亲的手。瓶子掉到地上，"啪"的一声，摔得粉碎。

父亲的表情也在那一刻变得粉碎。还有她的希望。

之后的好几天，她没有和父亲说话。有时吃饭的时候，她想对父亲说对不起，但她终究还是没说。她的性格如父亲般固执。

回到学校，她的话变得少了。她总是觉得别人在看她的时候，先看那一道疤。她搜集了很多女演员的照片，她想在某一张脸上发现哪怕浅浅的一道疤痕。但所有的女演员的脸，全都是令她羡慕的光滑。

她换了发型。几绺头发垂下来，恰到好处地遮盖了左边的眉骨。她努力制造着人为的随意。

那一年，她恋爱了。令她纳闷的是，男友喜欢吻她的那道疤。

大三那年暑假，她再回老家，父亲仍然为她准备了一个敞口的瓶子，里面装着的仍是那种黏黏稠稠的黄绿色糊糊。父亲嗫嚅着："其实管用的……真的管用。"父亲挽开自己的裤角，指着一道几乎不能够辨认的疤痕说："看到了吗？去年秋天落下的疤，当时很深很长……现在不使劲看，你能认出来吗？……我这还没天天抹呢。”

看她露出复杂的表情，父亲忙解释："下地干活时，不小心让石头划的……小伤不碍事。"却又说："可是，疤很深很长呢。"

她特别想跟父亲说句对不起，但她仍然没说；她特别想问问当时的情况，但她终究没敢问。她怀疑那疤是父亲自己用镰刀划的，她怀疑父亲刻意为自己制造一个和她一模一样的疤。她害怕那真的是事实。她说不出来理由，但她相信自己的父亲，会那么做。

整整一个暑假，她都在自己的疤上仔细地抹着那黏稠的糊。她抹得很仔细，每次都像第一次抹雪花膏般认真。后来，她惊奇地发现，那道疤果真在一点一点地变淡。开学的时候，正如父亲说的那样，不仔细看，竟然真的认不出来了。

可是，她突然不想当演员了。

星期六晚上，她和男友吻别，男友竟寻不到那道疤痕。男友说："你的疤呢？"

她笑笑，说："没有疤了。"

其实，她知道，那道疤还在。

疤在心上。

第五章　勇气是逆境中的契机

生活需要勇气

作者：傲娇哇

勇气是生活的调味剂，没有勇气的生活将缺失很多味道。

那么，鼓起勇气，在自己的生活中做出选择。结果或许皆大欢喜，或许不尽如人意，但那个突破自己的过程是极其有意义的。

朋友小琪不久前换了新的单位。在新的工作环境中，她一眼就看到了一个长相清秀的男生，做事安安静静的，看到小琪入职了，冲她微微一笑，暖到了小琪的心。一时间，小琪对他有了心动的感觉。

平时那个男同事和小琪交流工作的时候，总是慢条斯理，特别沉稳。他越是这样，小琪越是欣赏他，甚至喜欢得不得了。那天，小琪加班到深夜，结束了一天的工作，准备打车回家，半天也没叫到车。刚好那个男同事也刚下班，便开车载了她一段路程。突如其来的温暖让小琪觉得这个男同事简直就是她的真命天子。

第二天，小琪决定请他喝下午茶表示感谢，递了一杯温热的奶茶给他，鼓足了勇气说："我真的喜欢你。"那个男同事一脸惊愕，一连说了好几个抱歉，说自己早就有女朋友了，感情特别好，也谈了好多年，马上要结婚了，只不过女朋友在外地，得一阵子才能回来和他办理结婚手续。

最后，男同事还夸赞小琪，认为她是个有勇气的姑娘，很快就会遇到真心喜欢她的男生。小琪舒心地笑了，没想到自己真的鼓起勇气去表达自己的爱，虽然没成功，但也没两败俱伤，交到了一个朋友，聆听了一个美好的爱情故事。

勇气不是与生俱来的，也不是每时每刻都需要勇气，而是在最恰当的时机表现出来。做一个充满勇气随时整装待发的人，生活才会一片坦途。

村上春树曾说过："在我们寻找、伤害、背离之后，还能一如既往地相信爱情，这是一种勇气。"的确，建立一段爱情关系需要勇气，因为我们不能预知未来，虽然能知晓过去，但这并不能代表一个人或一件事是一成不变的。

所以，要有勇气面对接下来发生的一切，或喜或悲都要接受，就像某个电影中的松子，她这一生就是不断地在寻找爱，被爱人伤害背离后，还继续相信爱情，用自己的大爱换别人的小爱。

一枝枯了的花，干巴巴的花枝艰难地顶着残败的花朵，这样的花是引不来蝴蝶的，而松子就是那只飞舞的蝴蝶，一心扑在残花上，希望引来更多的蝴蝶，可得到的却是更多蝴蝶的鄙视、嘲笑。他们是路人，在围观看热闹。只有松子在残花上飞舞，直到死亡。

有勇气是件好事，能让自己成长，能让自己去尝试以前从来不敢做的事情。不管是爱情、亲情还是友情，只要多了几分勇气的修饰，一切都会美好起来。

表达自己是一种勇气，更是一种能力。不论是表达爱，还是表达拒绝和妥协，我们需要这种能力，这样才能让自己不留遗憾。

勇气有时候是一瞬间的决定，甚至有时候是一辈子的执念，是让你明白了生活真谛后，依然热爱生活，渴望明天的到来。

有勇气，有能力，在生活上是至关重要的。

成功源于尝试

很多时候，你距离成功只有一步之遥，只需有再试一次的勇气即可。

就像"种豆芽菜"一样，一件小事只要用心也能获得成功。

那年，我念小学三年级。有一次，我和妈妈去菜市场买菜。那里的蔬菜品种很齐全，但我发现大部分蔬菜的生意都不怎么好，一个个摊贩也显得很清闲。不过也有例外，卖豆芽菜的摊贩总是忙不过来。

我问道，妈妈，为什么豆芽菜可以卖得这么好？

妈妈告诉我，因为这里只有一个摊贩在卖豆芽菜呀！

后来我才明白，那里大部分蔬菜都是供过于求，唯有豆芽菜是供不应求。

出于好奇，我征求了妈妈的意见想要自己种植豆芽菜。妈妈完全赞同我的想法，并且帮助我准备了竹篮、泥土、豆芽种子等材料，让我开始尝试。

几天过去，由于我是第一次种植，没有经验，导致种下去的豆芽种子全都死掉了。

从满怀欣喜到目睹失败，我有些失望地看着妈妈。妈妈仍用心鼓励我，没关系，我们可以再试试。

　　这一次，我不再盲目。我翻看了种植豆芽菜需要注意事项的相关书籍，书上说，豆芽菜应该在阴凉处生长……

　　我将之前放置在阳台上的竹篮，换了一个没有阳光照射的生长环境，重新种下豆芽种子。

　　又几天过去了，当我掀开遮住竹篮的布，发现大部分豆芽种子还是都死掉了。

　　一次次的失败令我有些气馁，但妈妈轻抚着我的头，温柔地告诉我，这一次已经有几个豆子发芽了哟，比上次进步了，为什么不再试一次呢？

　　我再次翻开书，发现了一处我之前并未注意到的细节，豆芽菜白天与夜晚都需要规律浇水……可是我白天需要上学，妈妈也要去上班，又怎么能够做到这点呢？

　　在我百般烦恼之际，一场雨无声降临，雨水透过渗漏的屋顶滴在地上。我看着，很快就有了一个好的想法。我找来很多空置的塑料瓶子，在瓶身一侧扎几个小洞，再往瓶子里注水，然后把瓶子绑在竹竿上，最后悬挂在竹篮上方。如此一来，瓶身小洞里滴下来的水，便能随时浇灌豆芽菜了。

　　经过前两次失败之后，我已经能够坦然面对失败的场景。我想着，如果这一次还是不能成功种出豆芽菜，那么我也不会放弃。我充满勇气，会在下一次做得更好。

　　当然结果是令我欣喜的，这一次豆芽菜的长势非常好。豆子已经抽出了新芽，大约长一厘米，摸上去滑滑的，嫩嫩的，仿佛一片春回大地万物复苏般的景象。我捧着自己多番努力的成果，妈妈以欣慰的目光对我表示赞许。

在实现希望的过程中，妈妈的鼓励无疑是我前进的动力，就像是神奇的肥料，滋养了我对世界的好奇心，帮助我的"知识之树"无限茁壮。更重要的是，我在其中领悟到了勇气的可贵，坦然面对失败，勇于再次尝试。

成功源于尝试，一次两次的失败并不算什么，成功总会在一次又一次的"再试一次"当中诞生，并不断壮大。

向死而生

作者：清泠之声

姑姑已在医院的病床上躺了二十余天了。我昨天去看她，发现她精神比前几天好多了。

回想车祸时，"嘭……"一连串的巨响，犹如火星撞地球，姑姑被撞得从车上腾空而起，然后被抛到丈外远，接着整个身体硬生生地砸在坚硬的水泥地上。

顿时，她整个人都懵了，不知道发生什么事了，整个身体骨架好似断裂了，她似乎都听到了骨头脆生生裂开的声音。

姑姑的电瓶车被撞开了，肇事者的小车保险杠前面也严重凹陷，肇事者吓得不敢说话，而他首先想到的竟是给保险公司打电话而不是先救人。

正值早晨上班高峰期，车如流水马如龙，一不小心，最容易出事故。尤其是有些小车不管不顾地开得很快。这不，结果就出事了，自己没事，倒是害了别人。

幸好，姑姑被及时抢救过来了，内脏没有破裂，全身也并无大碍，只是多处骨折，不能动弹，只能躺在床上，靠静养，不能再上班干活了。

不管怎样，人救回来了，就是好事，就有希望。

姑姑这一躺就是二十几天，吃喝拉撒全在床上。在这种情况下，人心理上多少都会有点难以接受吧。我们很心疼姑姑，可是姑姑很坚强，反过来安慰我们："放心好了……死不了的。既然只能躺着养，那就保持好心态尽量把身体养好！反正不花自己钱……哈哈……"

我每次去看姑姑，都感觉她心态还不错，这有助于她的身体恢复。连医生都说她恢复得很快，足以说明姑姑的良好心态发挥了作用。

是啊，大难不死，必有后福。在死神手上抢回一条命，没理由不好好珍惜。现在，姑姑每天积极配合医生，好好做检查，治疗休养。预估半个月左右的时间就可以坐起来了，离回家就不远了。

姑姑快四十五岁了，她的生活态度积极乐观。出车祸前，她白天要上班，闲暇时间，她最喜欢唱黄梅戏和跳广场舞。

姑姑黄梅戏唱得很好，晚上有空就和姑父还有戏友们一起到广场吹拉弹唱。姑姑是主唱，姑父拉二胡，其他人各司其职，大家很默契地配合着。这么多年来，大家一直在一起唱戏拉琴。她也喜欢跳广场舞，还拿过不少广场舞和黄梅戏的奖项。

因为广泛的爱好落实到现实中，姑姑就成了大家茶余饭后的谈资，大家都不理解她，看她就跟看怪人一样，还有人劝她少玩一点，多干点活。实则不然，姑姑拥有一个幸福的家庭，姑父很能干，对她很体贴，姑姑即使不上班也不愁吃喝。

谁还没点小爱好呢？每个人缓解压力的方式不同罢了。她也不在乎外界的看法，懂你的自然会理解你，不懂你的说再多也是"对牛弹琴"。

如今，社会生活压力真的很大，很多人都是上有老下有小，姑姑家也不例外。但她懂得缓解压力，懂得与自己和解，自己接纳自己。

只能说，众生皆苦，成人的世界里从没有"容易"二字。仅此一生，请竭尽全力，而不是看不惯别人就说三道四！

经历车祸事件后，姑姑就说过："这世间除了生死，都是小事啊。"

所以啊，生活，并非易事。我们要在认清了生活的真相后，依然热爱生活。

人生之路，总是向前延伸的，途中难免有各色的景，或明，或暗，也难免遇到各种各样的迷惑，让人看不清、摸不透，充满了很多未知和迷茫。

只有活着，才有希望。只有活着，才有无限可能。生命只有一次，请惜命如金。请认真对待自己，对待自己每一天的生活。活在当下，向死而生。

爱有多重，心就有多温

作者：岭头落雪

在这个不劳动不得食的社会，年纪大了的父母，还得成天劳动。圩日，父亲四点左右就起床拉一手板车或挑一担菜走上七八里路，到街上占位子。即使这样起早贪黑，还是没有别人早，占到的位置总不是很好的。母亲因为要做家务会晚来，为了省两块钱车费也是用脚板走路。熙来人往的大街上，他们把菜分开，一个在街的这边，一个在街的那边，站着或蹲着，遥遥相对，像小学课本上守株待兔的农人。灰头土脸的样子，在摩肩接踵的人流中显得那么坚毅。

放学后，买上饼或馒头到摊位，看他们衣衫破旧地立在烈日或寒风中，心里总有一种惶惶不安的感觉。特别是他们边吃边向我诉苦时，更是让人不好受。父亲总说菜不好卖，像乞丐一样。这薯（淮山），多难挖，挖得满身大汗，头昏眼花差点晕倒，拿到这里来卖一块五一斤，也没什么人买。来了，挑三拣四的，还想便宜。也难怪，父亲已七十多岁了，干这样的重体力活，不叫累才怪。母亲也说："怎么卖得上价？卖菜的比买菜的多。一块钱六七斤的萝卜，还要熟人才跟你买……"

前一阵子，父亲来卖白地瓜和生姜。那白地瓜真个是好，又嫩，又脆，又甜。五角钱一斤，也常常半卖半送。种的人多，你的好，别人的也好，难出手。累个半死，千多斤白地瓜，硬是卖不到三百元。

我常想，如果儿女们有出息，父母又何苦为了几块小钱奔波呢？只可惜弟弟妹妹务农，这年头真正种田的能填饱肚子已很不容易了；我又多灾多难，日子过得十分拮据。只能眼睁睁地看着年迈的父母和其他乡下老人一样，天天为生活，在风里雨里挣扎。

平日里，看到衣衫褴褛的老者，弓着腰在田间地头耕耘。尽管那姿势里有最唯美最神圣的对生存的奢求与对劳动的渴望；尽管他们默默无闻、毫无怨言地过着日复一日、年复一年，面朝黄土背朝天的艰苦日子；尽管他们心胸广博、浩瀚、纯朴。但是，我心里总有一种说不出的悲凉。他们是被暴风骤雨恣意蹂躏的一株株小草，一定要尽自己的力量，让父母过得好一些。过年了，要买一双好鞋给他们穿，让他们在这个寒凉的世界感到温暖。

前些天在城里漱芳斋看上两款布鞋，很是满意，最后因价格太贵没买成。年关将近，看到同事们纷纷网上购物。他们说网购比店里买便宜，弄得我也心痒痒的。上了几年网，还不知网购为何物，今天也要新潮新潮。在同事的指导下，我下载了阿里旺旺。开始像上街买东西一样，跟卖家讨价还价，可惜的是店家一分钱也不肯少，最后以95元、87元的价拍下。这是我买给父母最贵的鞋了，往年都是买十几二十块一双的。

至于自己的就免了，那一双鞋还是六年前春末大换季时买的。我把它当成宝，只有做客或偶尔进城时穿穿。平时，都穿自己用旧衣服做的鞋。我穿旧点没关系，我那劳累了一辈子的父母，一定要让他们光鲜光鲜，体面体面！

父母一生坎坷，受尽苦难，但他们从没向命运低过头的勇气，让我感觉到了贫穷的伟大。

125

第六章 ——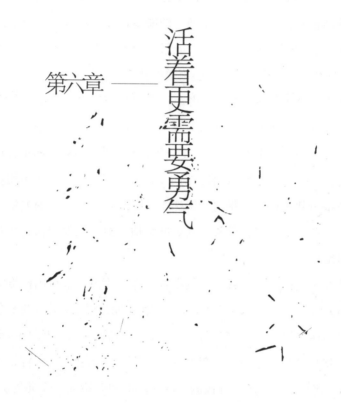

活着更需要勇气

困难对于懦夫而言是一块绊脚石，对于勇者来说只不过是一种阅历而已。这是因为，勇者相信困难只是暂时的，终有拨去浮云见丽日的那一天。

天光不落，我便是光

作者：斐子桑

我曾经一度认为，人生毫无意义，尤其在情绪十分低落的那段日子里，甚至觉得生活令我见不到任何希望，认为自己没有人爱，没有人在乎，就算突然消失在这世界上也没有人会记得我。

好像整个人都沉入了水里，让四肢移动起来就已经用尽了全部的力量，木然地旁观发生的一切。

那时还是高中，母亲很忙，便让祖母来照顾我的生活，老一辈极端重男轻女的言行不断地折磨着我。那段日子里，我的整个世界仿佛都被黑暗笼罩着。

我眼睁睁看着自己的不正常状况一天比一天严重，却只能无可奈何地任其发展下去。

走出深渊的这条路，真的很难。

我开始尝试去记录我的生活，寻找规律，但渐渐发现，我大多数时候的崩溃都来得毫无理由。那种突如其来的悲伤就像潮水一样淹没了我，来得毫无征兆。

真正出现转机，是在我开始关注抑郁群体的时候。看到那么多同龄人在十多岁的年纪被抑郁折磨，我的灵魂似乎瞬间就找到了活着的意义——我不只要自救，还要帮助他们。

后来，我去一个青少年抑郁症组织做了公众号文编，看着文章的浏览量在心里计算着有多少人在和我一起努力，真的是一件很满足的事情，这种成就感远远胜过得到多少鲜花和掌声之类的东西。

每一次摩挲键盘，都好像带着一种神圣的使命感。

也是那一年，正在读高三的我坚定了学心理学的想法。无论是谁告诉我没有前景、就业困难，我通通都不在乎，因为心中一直记得，我要把自己活成那束能照亮黑暗的光。

见惯了黑暗，就忍不住要发出自己的光芒来驱散黑暗。

我见过很多患者，有的人遇到一味骗钱的庸医，有的人心情忐忑地询问着哪里的心理医生比较好，有的人被不专业的心理医生气到抗拒治疗……

有时候，分不清是自己在救自己，还是他们在救我。

但我很清楚，并且永远都不会忘记我那段黑暗的日子和他们无助的求救。

我从来不是什么志存高远的人，但却因为这段经历让我拥有了前行的动力。

高二时，因为情绪问题开始放纵自己而欠下的那些功课，在高三时总算补了回来，最终如愿以偿地去大学学习心理学。如果没有和心理"结缘"，或者更确切地说，如果没有和抑郁有一种别样的"缘分"，简直难以想象现在的我会是一副什么样子。

所以，当我看到"硬核时刻拽了自己一把"这一句，我脑子里自动浮出来的就是"抑郁"二字。

在人陷入绝境的时候，亲人的帮助可以带你站起来一时，朋友的帮助可以带你站起来一阵，唯有自己的信念，才能真正带你走出绝境。

Depression（抑郁症）于我而言，就是这个信念。

它不是我的光，但它却是我发光的原动力，是我努力绽放的精神支撑。

它更使我坚信：神佛不渡我，我便自渡；天光不暖我，我便是光。

现在努力不算晚

. ` 作者：徐光惠

"做你最喜欢做的那件事，才是你真正的天赋所在，不要给自己找借口，做想做的事，永远也不晚，哪怕你已经 80 岁了。"这是摩西奶奶留给世人最为鼓舞人心的一段话。

摩西奶奶活了 101 岁，但她 70 多岁才开始拿起画笔，80 岁的时候创作了闻名世界的风俗画，举办个人画展，她的精彩人生告诉我们：人生永远没有太晚的开始，随时可以重来，实现梦想是没有年龄限制的。

其实，摩西奶奶的前半生充满坎坷，她生在一个农夫家庭，做过女佣，后来与男佣结婚，生了 10 个孩子却有 5 个夭折，家庭经济窘迫。但贫困并没有让她潦倒，她始终微笑着面对。58 岁，她终于快乐地画下了自己的第一幅画。67 岁，丈夫猝然病逝，从此摩西奶奶孤身一人。但她没有消沉，没有自怨自艾，用一颗对生活充满热爱的心，坚持着自己的梦想，完成了一幅幅绘画作品，得到社会的认可，受到媒体与民众的好评，并成功举办了个人画展，名声享誉全球。

一大片的绿色草地，一块画板，一支画笔，一个穿着素花衣裳的银发老人，专注地作画。这就是 85 岁的摩西奶奶在家乡草地作画的场景。摩西奶奶的画，有着童话般色彩斑斓的颜色，有着简单朴实的名字，表达着温馨的情感，传达出祥和安宁的意境。看着她的画，总能让人心生美好，感受到那份温馨宁静，更让我们感悟到摩西奶奶巨大的人格力量。

小李以前做餐饮，生意非常红火，赚了不少钱，买了别墅豪车，一家人生活惬意自在。在一次朋友聚会上，他沾染上了赌博，从此一发不可收拾，每天和一群狐朋狗友赌博，无心打理餐饮店的生意，不但吸光了家里的积蓄，还欠下了一屁股债，生意一落千丈，最后餐饮店被拍卖抵债。

家人苦苦哀求劝他戒掉赌博，他却执迷不悟，妻子伤透了心，和他离了婚，他才醒悟过来，那年他已年近五十。

事业没了，家散了，小李变成了一无所有的穷光蛋。他心灰意冷，感觉前途渺茫。一次，他去看望当初带他出来的老师。言谈中，他情绪低落，问老师："我现在啥都没了，我该怎么办？"

老师淡淡一笑："那就重新开始。""我都这把年纪了，还能重新开始吗？"他很困惑。"人生的路还很长，只要你去做，现在努力不算晚。"老师鼓励他。

是啊，不试一试怎么知道呢？小李重拾信心，借钱开了一家小炒店，只请了一个服务员，他每天起早贪黑，亲自掌勺，吃住都在店里。小店经营家常小炒，干净卫生，价格实惠，赢得了不少回头客。几年后，小李扩大了店面，并新增了一些特色菜品，生意渐渐走上正轨。如今，小李又成了当地餐饮界的佼佼者，他重新找回了自己的价值，妻子也回到了他身边，一家人开始了幸福的新生活。

人生永远没有太晚的开始，随时可以重来，现在努力还不算晚，只要上路，向着自己的目标一直坚持走下去，终有一天，会结出丰硕的果实。

金牌司仪

作者：轻罗小扇

安平是个小小的县级市，从南走到北不过十分钟。别看是小地方，可一样出能人。有一个人的名号比县长还要响，可以说他是整个安平人的偶像，这便是金牌司仪赵允方。

在安平有这样一句俗话，"宁舍彩礼一万三，不舍老赵一顿饭"。不过，要想请老赵主持婚礼，绝非易事。据说，至少得提前半年预订，因为这不是钱的问题。老赵人挺怪，投缘的话，他是不收费的。谁家要是能请到老赵，这个家族的男孩们就如加披了黄金甲，将来提亲，这可是厚重的筹码。

老赵神龙见首不见尾，有人说常见他在永清河边吊嗓子，也有人说在湖东一家茶馆也能见到他。

老赵的生意这么红火，究竟有哪些绝窍？他幽默诙谐不比说相声的差。从电视上听到那句"举头望明月，我叫郭德刚"时，安平人没有笑，甚至他们还有些不屑，这种幽默老赵早就说过。老赵还真有几把刷子，吹拉弹唱样样行，他能把小提琴背在身后拉，还有……还有太多了。几乎每场婚礼他的节目都不会重样，安平人不清楚老赵不会表演什么。

其实，这些都不重要，不比十几年前老赵刚干司仪那会儿了。现在的司仪个顶个多才多艺，只有一样他们永远比不过老赵。以前，老赵是县吕剧团的台柱子，主攻小生。老赵扮相俊美，音色嘹亮，台风飘逸。他能将一出旦角的戏《拾玉镯》演成自己的戏。这出戏在县吕剧团曾经连演 26 场，场场爆满。至于下乡演了多少场，老赵已经不记得了。多少少女少妇听说老赵下乡演戏都会放下绣花针，扔下锄头，不顾一切往戏台前赶。从那时起，老赵就成了安平县少女少妇心中美男的化身。

时过境迁，吕剧团随着经济大潮解散了。老团长也就是老赵的师傅，含泪处理了道具，老赵偷偷把他演《拾玉镯》的那套戏袍藏了起来，把一段生命里最宝贵的东西压到了箱底。

多年后，在老赵主持的一场婚礼上，一位戏迷认出了他。拗不过一屋子人的渴求，老赵清唱了一段，从此一发不可收拾。这一段戏从一小段到一折，久而久之成为老赵的压轴节目，只是从来没有戏袍加身粉墨登场。这么多年，老赵只在某个深夜打开箱子摸一摸戏袍上深深的折痕，过去了，再好看的戏袍也压得没了光彩。

恰逢五一黄金周，市文化中心又迎来一批结婚大潮。文化中心的广场上鞭炮齐鸣，新郎抱着新娘，在朋友们的簇拥下向大厅涌动。而饭店内一位笑眯眯的中年人正来到一位须发皆白的老者面前恭恭敬敬地为老人倒上一杯茶，轻轻叫了一声师傅。这人便是赵允方老赵。老赵大约四十六七岁，目光流转间藏不住粉墨人生的神采。

婚礼在老赵的主持下欢乐喜庆，新娘在一群姐妹无比羡慕的注视下幸福地靠在新郎身旁。老赵的吹拉弹唱表演完了，流行歌曲也表演完了，可他的戏却迟迟不见上来。不断有人传话上来，该上戏了。

不多会儿，在所有人的惊叹声中，老赵竟然穿上戏袍粉墨登场了！这是安平二十多年来从来没有的一出彩唱。只有师傅能看出藏了二十来年的戏服上那暗淡的光芒，也只有师傅品出了老赵眼神中稍纵即逝的幽怨。老赵老了，脸上的皱纹用多少粉也填不平了。但是，老赵的嗓子还在，那短短几句词唱起来还是让人痴醉。他把多年不练的身段也用上了，那一回身一低头却再没有当年的风采。观众们窃窃私语，甚至从角落里传出一两声嘘声。老赵只当没有发生，他似乎忘记"孙玉姣"早去开美容院了，也忘记了师傅其实耳朵聋了多年，他跟二十多年前一样依然台上痴望着，等待着"孙玉姣"。

人群中那个须发皆白的老人颤颤巍巍地站起来，轻轻摇着头退了回去。台上老赵忽然瘫倒在地，任泪水冲花脸。

从此，老赵做司仪时再也没有唱过戏，也就渐渐失去了金牌司仪的光彩，金牌司仪成了安平人的传说。

愿你的世界花开不败

作者：解红

"我喜欢听花开的声音，因为那声音里有你的呢喃。我喜欢看流星的样子，因为那轨迹里有你的倩影。我喜欢嗅五月的味道，因为那馥郁中有你的发香……"不记得在什么时候读过一首诗，那首诗的题目诗意盎然——《倾听花开的声音》。

人，果真是感性动物，不知道怎么就被文字感动了，尽管我也知道那首诗，除了题目富有诗意，内容不乏有些矫情。

倾听花开的声音，就是那么生生地触动了我心灵中那最柔软的一隅。

因为我在园林部门工作，单位里经常要用电脑统计数字，浏览信息，查找资料，所以我接触电脑比较早。但那时，办公室里人员多，电脑少，任务重，你想在上班期间"假公济私"，偷偷地码字，那机会是很少的。我接触电脑有七年多的时间，QQ上也只有为数不多的几个网友，和网友们聊天的次数更是少之又少。

后来，电脑进入了寻常百姓家，我也赶了一回新潮。于是，一台联想牌电脑，在老公强烈的抗议下，昂然地走进了我们的家庭。我记得刚添置电脑的那个时候，为了让更多的人知道我不仅喜爱写作，对书法、绘画、剪纸情有独钟，我还王老虎抢亲似的突击加了许多"情投意合"的网友。

人的精力是有限的，人的需要是单纯的。那时候，网上也很少出现骗子的传说，很少有网恋的传奇。

八小时以外的我，陶醉在快乐的网络里。

天有不测风云。2007年夏天的一个早晨，我在骑自行车去单位上班的路上，突然被一辆小汽车撞倒，后果是左臂轻度骨折。经过医院十几天的治疗之后，班暂时是没法上了，只得请假回家休养。那时候，孩子正上高三，老公去乡下陪老母亲，偌大的房子里只有我一个人，那段时间是我人生最灰暗的时期。也就是在这段时间，电脑成了我最好的朋友。

百无聊赖的我，经常把自己的心情写在我的"说说"里，很多朋友善意的问候，让我从中体会到了一些温暖。但失落，还是我生活中的绝大部分。直到有一天遇到了他，才让我发觉生活里原来还有那么多的意义。

清楚地记得，那一天恰好是2007年"立冬"。早上起床后，我就在自己空间的"说说"里，漫不经心地写了一句话："一个寒冷的冬天又要来了！"等到中午我再打开电脑，一个陌生的名字，一句熟悉的"冬天来了，春天还会远吗"一下子就显示在我的电脑屏幕上，下面还有一个请求加为好友的消息。我觉得好笑，这不是拾人牙慧吗，留言没有一点新鲜的东西呀。

但我还是添加了他，也许是他富有诗意的网名让我这个从不轻易加好友的人产生了一点好奇。

他的名字就叫"倾听花开的声音"。

他是四川汶川人。

谁知，就是这不经意的添加，对我的人生竟产生了那么大的影响。

成为好友后的我们，几乎每天都要聊上几句。在你来我往的信息交流中，我感受到了他的思维敏捷、乐观豁达，也不缺乏善良和宽容。如果一个身体健康的人，能做到有一个良好的心态，那肯定不会让我那么感到惊奇。让你无法想到的是，他是一个先天失聪的人，每天面对的都是一个无声的世界。十几岁时，他的父母把他送进了聋哑学校。他凭着顽强的努力，硬是掌握了几千个汉字，他的空间里有几百篇他写的诗歌、散文。

因为残疾，他没有工作，也轻易不出家门。

我曾问过他，为什么要用"倾听花开的声音"这样一个网名。他说："我的耳朵虽然听不见了，但是我要用自己的心灵去欣赏世界，去感悟人生。"他的回答，我一下子明白了。是啊，人生最大的失败就是自己打败自己！我联想到了自己，比起我的这个朋友，我这点困难又算得了什么呢。

遗憾的是，已经有两年多没有再和他说过话了。也曾给他在对话窗口留过言，也向熟悉他的朋友打听过他的消息，不过总是杳无音信，真是后悔当初没有留下他的手机号码，不然，也可以给他拨个电话，知道他现在在干什么。

他空间所有的信息都定格在了 2008 年 5 月 12 号，这个日子常常让我联想起那场惊天动地的浩劫！

时隔八年，我作为残联举办的志愿者慰问团的一员，被邀请去四川汶川参加助残公益活动。刚下火车，就看到人群里有一位帅气的男子手里拿着一本"倾听花开的声音"。我欣喜若狂地用双手向他示意，并将手心放在耳旁，然后再把掌心朝上，开成一朵花的模样："倾听花开的声音！"他似乎"听"到了我在向他召唤！

交谈之中，得知他很少上网，一直在努力学习书法、绘画，还不断地提升写作水平。还加入了残疾人志愿者组织，做了许多公益活动，还用发表的诗集稿费资助十几个贫困生呢。这不禁使我肃然起敬：身患残疾是遗憾，满腔爱心却富有。

你若优秀，花开满巷！你若精彩，天自安排！愿你的世界绿树成荫，花开不败！

坚强的母亲

作者：季宏林

母亲一生坎坷，历经无数苦难，幼年饥饿的侵袭，中年丧夫的悲怆，老年病痛的折磨……然而，这些苦难并没有压垮她，反而让她的内心变得更加强大。

俗话说："穷人家的孩子早当家。"母亲从小就很懂事，也很能干，成为外婆的得力帮手。她担起做姐姐的责任，即使饿得两眼发花，迈不动步子，也会咬紧牙关，跟着大人一起下地，寻五谷，挖野菜，刨红薯。凡是能用来填肚子的食物，绝不会轻易放过。就连红花草、榆钱，都成了求之不得的美食。

其实，饥荒是那个时代的悲哀，又岂能怨她呢？她自己能够从那场灾难里死里逃生，就已经是不幸中的万幸了。当然，这也是她求生的欲望使然，绝不肯轻易向饥饿和死亡屈服。

长大成人后，经媒人牵线搭桥，母亲认识了我的父亲，不久便嫁到同样也是孤儿寡母的婆家。也许是同病相怜吧，她十分同情父亲的不幸，对婆婆更加孝敬。父亲书生气很浓，是个大队干部，干农活并不在行。

母亲却十分能干，下地种田，下厨做饭，缝洗修补，样样内行，手脚还特别麻利。

我们家人口多，开销自然要大些。母亲平时除了种田，农闲季节还出门做点小生意。母亲时常说："在家日日好，出门时时难。"对于一字不识的母亲而言，出门在外可想而知有多难！好在她有一张伶俐的嘴和一双勤快的腿。凭着聪明和悟性，她掌握了江苏、上海一带的方言，能够与当地人熟练地交流。母亲说，为节省车费，她一天要走七八十里路，饿了就吃点方便糕，有时找人家讨口饭吃。我清楚地记得，每次出远门，母亲总要带上一大袋方便糕。起初，我还以为她喜欢吃方便糕，后来我才明白，这是她出门在外时的"便饭"。

母亲将全部的心血用在儿女的身上，她用积攒下来的钱供我们读书，买些学习用品，有时还额外给点零花钱。每年春节，她想方设法给每个孩子添置一套新衣、一双新鞋。她说，再苦也不能苦孩子。逢年过节的时候，母亲总要做一桌饭菜，一家人美美地吃上一顿。那时的日子虽然清苦，却特别容易得到满足，充满温馨和幸福。

然而，这样难得的清贫而幸福的日子也只有短短20多年。母亲48岁那年，我的父亲因病去世，丢下母亲和我们姐弟四人。那时，母亲的压力可想而知。但她从不在别人面前诉苦，而是默默地承担着家庭的重担。只有在没人的时候，她才偷偷地掉眼泪。她常说："抬头求人，不如低头求土。"她很少求人，宁愿自己累点苦点，也不肯轻易乞求别人，再大的困难，她也能挺过去。别人曾劝她改嫁，可她坚决不答应，她不愿丢下几个没有成家的孩子。经过多年的操劳，母亲终于完成了她对父亲的承诺，孩子们相继成家，了却了父亲的一桩遗愿。孩子们办大事那天，她流下了幸福、喜悦的泪水，那泪水里包含着多少心酸和苦楚。

随着年岁的增长，母亲的身体也大不如前。几年前，母亲突发脑梗死。

住院期间，我与妻子昼夜服侍她。出院后，母亲说话仍口齿不清，手脚也不再灵便了。母亲喟叹地说："妈不中用了，以后怕再也不能为你们做饭了！"我安慰她："妈，慢慢来，一定会好起来的。家务事我们自己来。"话虽这么说，可是她哪里闲得住。她说："看你们做事，我就着急。"说完，她又哆嗦着切起菜来，一次又一次被菜刀划得鲜血淋漓。我的眼泪夺眶而出。

从此，母亲坚持锻炼身体，每天做完家务活，就与几个老友一道外出散步，还学会了广场舞。与人交流时，她费力地用手比画着，一遍遍地练习。几个月过后，奇迹发生了，母亲不仅能够熟练地表达，而且还行动自如，做起家务来与过去一样麻利。

母亲的经历告诉我，世上没有过不去的坎，只要你有足够的勇气和坚强，就能够战胜一切困难。困难对于懦夫而言是一块绊脚石，对于勇者来说只不过是一种阅历而已。这是因为，勇者相信困难只是暂时的，终有拨去浮云见丽日的那一天。

西西的快乐

作者：纳祎

单位来了一名临时工，二十一二岁的样子，高高瘦瘦，皮肤白皙，如一株娇嫩的百合花，清秀脱俗。女孩爱说爱笑，活泼可爱，说话时银铃叮咚，笑起来花枝乱颤。

我问女孩的名字，她说她叫西西，她的哥哥叫东东。哥哥还有一个学名，但是很少有人叫起。她干脆就没有了学名，直接叫西西了。

女孩俏皮的小嘴如我窗前悬挂的风铃般跳跃着，她给我讲起了她的哥哥、嫂子，还有她的父母和一岁多点的小侄子。一个美满快乐的家庭在她的讲述中散发着幸福与活力。

我听着她快乐的讲述，陪着她笑。没有人会不喜欢倾听一个幸福快乐的故事，我也一样。

她让我看她手机里全家人的照片，英俊帅气的哥哥，笑靥如花的嫂子，粉嘟嘟、肉乎乎的可爱小侄子，还有两鬓斑白、慈祥和蔼的父母，再加上开朗热情的西西，一个完美幸福的家庭在我脑海里幻化成充满欢声笑语的画面，生动而真实。

整个上午，我倾听着她谈笑间对家人的爱与温情，她说原本打算今年结婚，她爱男友，但又舍不得离开自己的家，正在和男友商量推迟婚期。我感动于女孩对亲情的眷恋。

中午，女孩回家吃饭了，有熟悉她的人告诉我一个万分震惊的消息：女孩的哥哥早已在半年前的一场车祸中去世了！

我简直不敢相信，女孩口中的幸福家庭其实早已不复存在。

我震惊，震撼，女孩快乐的外表下掩藏着多么悲惨的伤痛。她清脆的笑声里掩盖了多少滴血的啜泣！在她的内心一直不愿承认悲惨的事实，所以她觉得她的哥哥还活着，她的家庭依旧完整快乐；或者，她在用掩耳盗铃、自欺欺人的方式追悼曾经幸福美满的家庭；也或者，她想用自己坚强乐观的态度支撑着被痛苦撕碎的心，去安慰身边的亲人，让活着的人能早些从痛苦中解脱出来。

下午上班后，女孩依然活泼快乐，说话依然银铃叮咚，花枝乱颤，而她的笑声却让我不忍卒听，曾经的感动变成心酸和忧伤。

无论怎样，西西都是坚强的、快乐的，我好希望她的坚强快乐真实并永久。

抬起头，大步走

作者：千季

蔷薇出生时，小区花坛里的蔷薇花开得很好，所以给她起了这样一个"漂亮"的名字。

从小到大，她都很平凡。长相一般、成绩一般、体育细胞也不发达，不过做个一般的人挺好的，蔷薇并不感觉不知足。

可每每要淹没在人潮中的时候，这个"漂亮"的名字就会把她暴露在所有人的眼下。

"春天来了，街边的蔷薇花娇美地绽放开来……"于是，所有人的目光都凝聚在了她身上。淘气的男孩子会问："哟，蔷薇花，你什么时候变好看啊？"

她恨不得钻进地缝里，藏在课桌下的手紧张地摩挲着。

蔷薇不敢反驳，更不敢打他们。打不打得过要另说，主要是她不敢动手——没有人护着她。

母亲一人拉扯她长大，每每出了事都一定是按着她的头给人家道歉。有一次，明明是蔷薇帮了人，可母亲一来就抓着她要她认错，弄得受助的那姑娘和家人都懵了。

带她长大的这些年，母亲怕了，单身女人带孩子，街坊邻居口舌甚多。她安慰自己，总是说多一事不如少一事。于是，她养育的这朵蔷薇慢慢地合拢起来，不听不念不说。

蔷薇很明白……母亲这只是逃避和懦弱而已，可又没有别的办法。

北方的冬天总是格外冷，下过雪之后，地上结了很厚的冰。蔷薇一步一挪地往学校走去，生怕在哪儿摔跤。

班里那几个男生蹬着自行车飞快地从她身边掠过，嘴里嚷嚷道："蔷薇花快点！可别冻死在这天气里！"

蔷薇只当没听见，差点摔倒，却被一个人扶住了。

是高年级的瑟学姐。

"谢谢……"感谢的话还没说出口，瑟就捂住了她的嘴，朝着那几个浑小子的方向指了指。

果不其然，听到了震耳欲聋的冲撞打砸声——是那几个人连车子带人摔了个大马趴。

瑟神秘地笑了笑："那个水缸昨天晚上冻裂了，路上都是冻结实的碎冰。既然那几个浑小子欺负你，就让他们吃点苦头。"

蔷薇忍不住也笑了。瑟学姐平常那么温柔的人，原来也会有坏心眼儿啊。

"好啦，"学姐笑了笑，"我们走吧。"

小巷子里只有这一条路，瑟要走哪里毋庸置疑。蔷薇有些犹豫，"从他们面前过去……不太好吧？"

瑟点了点她的脑袋："又不是你做的，你怕什么？是他们不看路自己摔了。"

146

她退了两步，仍然想避开他们："时间还早，我绕条路吧。"

不管是不是自己做的，叫他们看见了总是要记仇的。

瑟握住她的手："跟我走。"

蔷薇被她拉着，从摔了满地的男生们面前走过。

她不敢看别处，只能看着面前的瑟。

瑟脊背挺得很直，像棵白色的橡树，一点也不怕寒冷与冬风。她顶着那些男生的目光站在他们面前，问："学弟们摔得严重吗？要不要帮忙请个假？"

浑小子们不敢乱说话，只能相扶着站起来，说："没事的。"

学姐脸上的笑容更深了："这样啊，我还想让蔷薇帮你们请个假呢。大冷天的，谁不想在家休息呀？！"

这群浑小子的父母太清楚自家孩子什么样了，一旦让他们知道私自请假，肯定不管三七二十一先揍一顿。浑小子们更怕了，说："不敢不敢。"瑟帮领头的那个扶起自行车，说："以后小心一点啊。"说罢，头也不回，带着蔷薇就走了。

蔷薇站在旁边围观，简直被学姐的勇敢所折服。这哪里是"白橡树"，明明是"黑莲花"啊。

走了没两步，她听到瑟说："以后遇见他们别怕，他们依仗的不过是一张嘴，要是真闹起来，比你想象的胆小得多呢。"

蔷薇不说话，瑟自顾自地继续说："我以前也被欺负来着，后来发现他们其实㞞得很，你怼两句他们就闭嘴了，真正凶的人才不会只是这个样子。所以以后遇到那些人再撤退就不叫怕，叫战术。"

"要是你现在都不敢对他们说话，以后就更保护不了自己了。"瑟说，"世界温暖又危险，要握紧勇气，才能从这个危险的世界里拼杀出去寻找温暖啊。"

蔷薇心头忽然升腾起一股不知名的感觉,她低头看了看自己与学姐牵住的手。

要握紧勇气,从这个危险的世界里拼杀出去找温暖。

她抬起头,直视着前方的道路,默默握紧瑟的手。在这一方冰天雪地里,好像握住了所有的勇气。

合拢许久的蔷薇花似乎又开了。

"一定会的。"

尝试改变

作者：李晓明

环境往往会使人产生某种惰性，不管是安逸的还是痛苦的，都沉浸在里面不想有什么改变。想来这大概是一种对于未来的不确定性的惶恐心态在作怪，怕自己原本的生活节奏被打乱后，生活状态会变得更糟，未来让自己更难掌控。

习惯了婚姻的不和谐，却从不想着怎么去改变现状，是在互相沟通中改变，还是彻底逃离？习惯了单位中的太多不公，从不敢站出来公开地表述，怕被"炒了鱿鱼"；习惯了背叛中的友情，却总是一而再、再而三地迁就……其实，勇于改变是一种能力。人都应该具备一种被离婚的能力、被"炒鱿鱼"的能力，还有被辜负的能力。

越是想紧紧抓住的，失去得越快，越是顺其自然地拥有，才越是牢固。惰性能毁掉我们自身存在的独一无二的潜能，把我们拍在平庸的沙滩上再也爬不起来。

表弟毕业于山东大学，毕业后通过层层筛选，通过了公务员考试，进入了县交通局。在外人看来，这是一个相当不错的单位了。然而，表弟的志向却不在于此。在全国性调配公务员的考试中，他的笔试成绩又通过了中央某单位的分数线。在经过面试、组织调查等各个环节后，他成功被录用。在去与不去首都工作的问题上，家人们都持不赞成去的态度。一是他要与妻子、孩子两地分居；二是北京的房价贵得吓人，估计几辈子的收入也很难在那儿拥有自己的一套房；三是公务员本身不是高收入者，工资有限，除去房租跟日常生活费外，大概会所剩无几。如果维持现状的话，生活则会安逸很多。

他在现单位是很有前途的骨干，已经进入了中层行列，另外还有两套宽敞的住房，工作与生活都可谓顺风顺水；妻子在银行工作，对于三线城市的消费来说，收入还算不菲。但最后，表弟还是顶住了各方面的压力，克服了种种预想中的困难，毅然独自去了首都。去首都工作不到一年，妻子单位的总部恰好有个去实习的名额。

于是，妻子也去了北京。孩子到了入小学的年纪后，表弟又把舅妈跟孩子一起接了过去。如今，他们虽然日子过得艰难些，不过一家人终于在北京团聚了。

的确，人在关键时刻，做出某种抉择的时候，生活肯定会有一定的改变，会有一个重新适应的过程。这种改变肯定会带来暂时的困境。如果你的内心足够坚定，那么就不要畏缩不前，选择怎么克服才是正道，而不是一味地在惶恐中妥协。只要觉得自己有潜在的想发挥的东西，就勇敢地去改变。从长远来看，这是必经的一个阶段。人如果总是在一个小圈子中打转，没有敢于接受新生活的勇气，对工作一直按部就班，对生活一直得过且过的话，无异于作茧自缚，将自己最宝贵的潜力浪费在蹉跎岁月中。

曾经，我也是如此，在面临生活中的抉择时，犹豫不决，怕某种改变给自己带来未知的困境。比如说要二胎这件事，怕怀孕后因身体不适会请假，影响家庭的经济收入，再者休完产假上班后，势必会重新分配，到一个陌生的环境，和一群陌生的人重新接触，相当于让自己的人生重新开始一回。为此，我犹豫了很久。直到某一刻，我才恍然大悟。路是一步一步走的，孩子不仅是我们生活的寄托，也是父母以后的一个依靠。人不能因为暂时的困境，就放弃了长远的打算。有了明晰的方向，才会有全新的斗志，让自己的人生进入一片新的天地。

其实，在你将决心和困难一决高低时，困难往往会退后一步，给你的自信和坚决让路。有些东西只是暂时的，比如物质的匮乏。然而，有些东西却是长久的，比如我们的自信和毅力。敢于面对最坏的厄境，相信它一定会成为过去；勇于追求我们想要的东西，相信它就在眼前。

如果天气不改变，就不会有四季；如果人不改变，就不会有蜕变。人生，就是应该一路风景一路歌，不惧流言，不惧风雨，勇敢前行。将自己最精彩的一面展现出来，活出自己最无憾的样子。

活着是最大的勇气

作者：徐光惠

认识玉清，是在几年前的一次朋友聚会上。她高高的个子，穿一身简便的运动装，看上去很阳光。或许我俩都喜欢直来直去，有着共同的兴趣爱好和话题，所以彼此觉得很投缘，成了无话不谈的好友。

玉清 47 岁，毕业于师范大学，是一所小学的语文老师，从教已有20 多年。她把全部精力投入到工作中，对学生像自己的孩子一样疼爱，兢兢业业教书育人，耐心辅导学生作文。她教过的班级总是名列年级前茅，她深受学生的爱戴和领导的认可。很多学生后来考上了重点大学，当上了公务员、企业家。玉清因突出的工作成绩曾多次被评为先进个人。

去年初，玉清突然感到乳房两侧有些隐隐的刺痛，断断续续的，她当时并没在意。但后来刺痛越来越明显，丈夫陪着她来到医院，检查结果证实，她竟然患上了可怕的乳腺癌，癌细胞已经扩散至整个胸部，必须尽快手术，这也就意味着她将失去两个乳房。

这个突如其来的噩耗犹如晴天霹雳，把玉清打入黑暗的万丈深渊。拿着一纸残酷的诊断书，一向冷静坚强的她忍不住失声痛哭。

玉清住进医院，被推进了手术室。当她醒来时，发现自己躺在冰冷的病床上，摸摸胸前已空空如也，裹满了一层又一层厚厚的白纱布。想到从今以后胸部变得如此丑陋，不再是一个漂亮完整的女人，玉清不觉悲从中来。出院后，她整天以泪洗面，待在屋子里不出门也不说话，情绪低落到晚上失眠，一向阳光开朗的她一下子变得憔悴不堪。体贴的丈夫一直陪在她身边，安慰开导她，女儿也经常回家看她。

再次见到玉清是半个月前。那天，我去学校办事，看见她站在操场边，身边围了一群孩子。她精神饱满，脸上带着温和的笑，不时点点头，热情洋溢地和孩子们讨论着什么。暖暖的阳光照在她白皙的脸庞，她的笑容如阳光般灿烂动人。我愕然，竟怀疑自己认错了人。

"玉清，你身体恢复得真不错。"我说。玉清说："我都不知道是怎样走过那段灰暗日子的，幸亏有家人和朋友的陪伴和鼓励，还有那些天真可爱的孩子们，让我重获信心。我告诉自己，不能再这样消沉萎靡下去，一定要好起来，争取早日回到学校，回到孩子们身边。"她放下思想包袱，积极配合治疗，终于重新站上讲台给孩子们上课。

"人生在世，生老病死是谁都无法避免的，能活着看太阳升起就是幸福的。所以，要好好地活，给孩子们上课是我最大的快乐，让我感觉还是个有用的人。我每天给自己一个希望，希望家人平安健康，希望能多教孩子们一些知识，希望看到他们纯真的笑脸，希望我能带给别人快乐。朝着希望奔跑，感觉充实和快乐。"

是啊，每天给自己一个希望，哪怕这个希望非常渺小，但是，只要朝着希望的方向奋力奔跑，努力去追求去实现，就没有时间无谓地悲叹，从而有信心和勇气战胜挫折和苦难，充盈而快乐地度过每一天，我们的人生便会更加美好幸福。

153

第七章 —— 所有独自孤单，终会成为勇敢

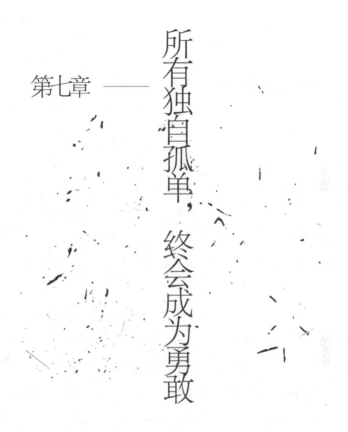

它们并没有妥协，它们吮吸着霜雪融化后的水，它们蓄积着生命的能源。它们暂时潜伏在地底，只等着来年的春风一催，便可走上崭新的征程。

办公室新来的年轻人

作者：罗瑜权

　　办公室新来了一个大学毕业生，家不在本市。有一天周末，在解放街附近一家茶楼，作为老大哥，我耐心地倾听他给我讲述他的一段人生经历。

　　他说，他家在川北一个山区乡镇。大学毕业后，他在绵阳一家公司找到一份职业，人生开始起步。在自己刚开始工作的时候，一个人远离父母，远离亲人，在一个自己并不熟悉的地方过着漂泊的生活。有时，看着同事和身边的人过着甜蜜的生活，一个人下班回到居住地，真的好想哭。在家中，自己是独子，父母宠，亲人爱，是家中的宝贝。没有钱可以开口找父母要，回到家里有吃有穿，一切都是父母操心，无忧无虑，幸福甜蜜。然而，独立工作后，一切都得靠自己，每天劳累上班，下班后还要去购物、去买菜，回家洗衣煮饭，还要处理身边的一些烦琐小事。更加恼火的是，每天都是公司和家两点一线，在公司劳累工作回到家后，面对的是空空荡荡的房屋、冷冷清清的墙壁，没有人与自己交谈。多少次下班后，他不想回家，不想一下班就回家面对冷冰冰的墙壁，或者是重新坐回冷冰冰的屏幕前，看一些打发时间的视频，或者像批阅奏折一样给在朋友圈晒什么吃的、去哪里玩的人点赞。

很多时候都特别想找人说说话、聊聊天，却不敢给爸妈打电话，怕会忍不住掉眼泪……

这时候，朋友就成了最好的慰藉；这时候，酒也成了最好的依托。他说，他以前滴酒不沾，也不知什么时候，自己喜欢独处时喝一点酒。

"出来喝茶吧！""有时间没有？大家聚一下，喝点小酒！"一到下班时间，只要有朋友或者同事邀约，他都很高兴，感到这一天有朋友相伴特别地幸福，特别地幸运。

说到这儿，他脸上出现了一些笑容。但是没过多久，他摇摇头又说，这样的事情总是少数的，别人也不可能天天陪你，别人也有需要办的事情。很多时候总是这个朋友今天有事，那个朋友要加班，还有的朋友碰巧去外地出差了……

在这一刻，想到自己又是一个人面对冷清的空房，真的有一种被全世界抛弃的感觉。

他说，自己有时也很矛盾，时常会想，自己是不是应该待在这座城市，是不是应该回到父母身边，自己留在大城市努力奋斗最后究竟能得到什么，留下什么？

在茶楼，我一直没有打断他讲话，一直坐在一旁认真地倾听。

他说，就这样，时间一天天过去了。到我们单位，这已经是他找的第三份工作了。现在，他已经习惯了一个人生活，一个人工作。他微笑着对我说："这或许也是人生必须经历的一个阶段，以后结了婚，安了家，有了孩子，也许就好了。"

在聊天中，他反问我："你们当年是不是也是这样过来的？"

听了他的故事，我有些心酸，也想到了自己。上个世纪 80 年代，离

157

开父母，离开家乡，一个人在外读书求学，一个人在外打拼工作。那时，没有手机，没有互联网，电视机很小，节目少，根本没有什么文化生活。但那时的生活却很充实，工作有目标，生活有动力，人生有追求，身边的每个人为了目标都在不断地努力工作，每天生活都感到很充实。在实现目标后有种满足感，心里也不会感到空虚。现在，由于人情关系的变化，人与人之间交往减少，日久生疏，也便产生了"空巢青年"现象。

前不久，在微信上看到一个段子："城市套路深，我要回农村。农村路也滑，人心更复杂。"当然，这仅仅是一个玩笑，述说的是当今社会的复杂和生活的艰辛。

生活就是一段阅历。一个人在外生活，一个人在外漂泊，远离了父母，远离了亲朋，关键在于调整心态，减少心理浮躁，尽快融入社会，找准自身的位置，一步一步地改变自己的人生。想起年初网上的一句流行语："生活不只是眼前的苟且，还有诗和远方。"

记得有人曾经说过，孤独能让人学会思考，挫折能让人变得坚强。所以，你不要再为了孤独而感到彷徨，也不必再为了挫折而感到恐慌。孤独与挫折，是一个能让你蜕变成优秀之人的大熔炉，更是一条走向成熟的必经之路……

在一棵老梨树下静静老去

作者：王福利

喜欢坐在车里，看路边那些乡间风景的变幻，任不为人知的思绪飘散在飞退而去的车外画面里。梨树于我并不陌生，在我记事以前就走进了我的生活；梨花于我，却是初识，如初识同车之人。

在我开始记事之时，记得我家承包了很大一片梨园。每年秋天，父母一边忙着收庄稼，一边忙着摘梨卖梨，年幼的我和姐姐被托付给一位远房大娘照看。直到三十多年后的今天，家里炕上、地上到处堆满黄澄澄的甜梨，满屋都是梨香的情景，依然历历在目：父亲从外屋拿来一个碗，将挑出来的烂成水的梨放进碗里，一边吃着一边说："烂梨不烂味，吃了不疼扔了疼啊！"母亲则用水果刀一个个地削着烂梨，洗好后给我和姐姐吃。每每想到小时候，总是想起父亲因为梨卖不完回到家愁眉苦脸的表情、母亲蹲在大大小小的梨堆间捡梨累得直不起腰来的叹息。

车窗外一片纯净的白色闪过，那些比记忆里低矮了许多的身影，一转念间穿越了父母的半生光阴，来到今天的我面前。当我再次面对它们的时候，它们带给我的，不再是受尽劳苦之后的生活困顿，而是在生活困惑里让疲惫身心得以片刻的栖居放松。以另一种状态从事着和父母一样劳动的我，在另一个空间、时间与梨花相遇，行走在属于我自己的未知前路，为了遥远朦胧的梦想奋斗，不知对错，不知最终能不能得到自己想要的结果。

不是每一朵绽放的梨花都能结出果实。开车的老大哥，看见路边的那片梨园，说起了自家院里的那棵梨树。那棵梨树那一年结的果太多，第二年就没有再发芽，"累"死了。即便梨花变成了梨，也要疏果，也不能让它们全部长大。

既然活着，就要在路上，就要不管对错地向前走。

一下车，就被一树一树的梨花淹没。在眼前的迷乱里，已忘记去寻找那棵千年古木，乃至走得愈远、入园更深，一棵棵老得树皮斑驳脱落，老到树干里的水分几乎风干得一滴不剩、干裂出的长口已将树身劈成两半三半四半。那些时间的累积，在十几年、几十年、几百年的梨树上，只是表现为简单随意地活着，简单到哪怕只剩下看不出是生是死的枯白树皮。也会活出一树绿伞、满天白云——它们似乎忘记了时间，忘记了老去，乃至忘记了身体本身；就像一棵还不到一人高的小树，就这么安然生长在一棵枯枝新叶错落的老树身边。人间几辈子的光阴、几十个轮回，就在两棵树之间的短短距离里倏忽而逝。

那棵千年老树，终究还是没有找到，或者，它已在人们追寻的视线里出现过，却没有被认出来而已。

活在不为人知的安静里，看一朵盛开的梨花，在午后的阳光里飞舞而落，愿就这么坐在一棵老梨树下，陪着它继续静静老去。

一条通向灵魂的道路

作者：凉月满天

晚上，看到中央一套水均益的采访，被采访者是西班牙舞蹈家阿依达。她带着西班牙弗拉明戈舞蹈来中国演出《莎乐美》，用身体的律动表达一种超越了欢乐和痛苦的、直逼生命深处的悲情，她的舞姿把生命化成一团燃烧的火。

看她的舞蹈，谁也想象不到她是一个病人。当年，10 岁的小阿依达正生龙活虎地活跃在舞台上，剧烈的背痛让她突然无法活动，经过诊断，她患了脊柱侧弯症，而且很严重，已经变成了 S 形。S 形的脊柱怎么能支撑身体呢？十几个医生都给她下了禁令，要她彻底离开舞台。否则，她的脊柱会越来越弯，她会越来越疼，终有一天，她会死。小姑娘不明白死意味着什么，对舞蹈的热爱让她满不在乎地回答："哦，不，我就是要跳舞，哪怕死在舞台上。"

从那以后，她就一直戴着折磨人的金属矫正器，跳啊跳，一路舞遍全世界。过海关的时候，她把自己的矫正器从身上摘下来，搁在包里。但是，过安检门时，电子警报器照样会响，经常搞得气氛大为紧张。于是，她就把包拉开，让人看这么多年一直支撑她的钢铁骨架。水均益问她："跳舞的时候怎么办呢？""啊，"她笑着说，"跳舞的时候摘下来，跳完再戴上。"

看着已不再年轻的阿依达，每个人都明白岁月和疾病的残酷，这两者不会让这个女人长久地活跃在舞台上的。"那么，"水均益问，"你想过自己还能跳多久吗？离开了舞台，你怎么办呢？"阿依达露出明快的笑容："我将一直跳到实在跳不动为止，然后，我就退下来当舞蹈教师，这样仍旧可以舞蹈。"

水均益接着问了一个每个人都想知道的问题："对你而言，舞蹈占据什么位置？"她想了一下，很诚实地回答："好多人都问过我这个问题，可是我也说不好。对我来说，舞蹈就是生命，生命就是一场舞蹈。除了死亡，没有什么能阻止我一直跳下去。"她不肯和命运讲和，她就是要跳，无论前面是鸿沟、海水、天堑、荆棘，她都要一路舞着过去，哪怕一路走一路鲜血淋漓。

这样一个有着坚韧意志和取得了巨大成就，把西班牙民族舞介绍给全世界的人，竟然很低调。她坐在那里，一直微笑着，有时笑出声来，就像一个平常的家庭主妇的声音，沙哑而低沉。她并不觉得自己取得了多么大的成功。她说："所谓的成功，不过是一个过程。"正是对舞蹈的痴迷，让她忽略了表面上的"成功"，而在舞台上孜孜不倦地表达对生命的热爱、对艺术的追寻。

基于这种热爱，她准备在中国开设弗拉明戈舞培训班。我不敢说她一定会成功，因为能够真正关注生命和艺术的人毕竟不多。但是，她的一句话深深打动了我。她说："我想用弗拉明戈舞修筑一条通向灵魂的道路。"

这是一个舞蹈家最深刻的宣言，她所做的一切，摒弃浮华，直指灵魂。一个长久沉浸在美和艺术中的人，对生命格外敏感，才会有这样的目标指向，而这种指向，使她成为在舞蹈和生命道路上的一个坚韧的朝圣者。

　　我想起了古往今来的艺术家们，包括达利、毕加索、塞万提斯、凡·高……他们不约而同地代表一种精神，在这种精神支配下，进行舞蹈、写作、绘画、雕塑，或者四处闯荡，渴望通过种种方式，到达生命的核心，看看那里面都有些什么。

　　这样的人，没有时间为自己的所谓"成功"自满，也不会通过绯闻自抬身价。走在大街上，没有人注意他——他的身上散发的，是深沉而内敛的光华。

163

睡着的小草

作者：别山举水

再次路过那个草坪，几天不见，如隔三冬。

这片草完全枯死了，草叶已成一片卷曲的黄，清晰可见的脉络早已如同老人手上暴突的青筋，刺痛着行人的眼睛。

走在上面依然会沙沙作响，但已没有先前那种绵柔和黏性。它们虽然还想抗拒，但早已力不从心，重压过后，将身躯埋进尘土里，那份傲然的矜持已经不见踪影。

才几天呀，造化如此弄人。

那时，它们依然草色青青，脉脉含情。迎着太阳昂头，随着轻风转身，枕着星星入睡。它们散发着清香，吸引着路人。还有一些贪玩的蝴蝶在这儿流连，蚂蚁和有着黑色甲壳的小虫在这儿时隐时现，当作畅游的乐园。

人们忽略了冬天的到来，感受着这个世界的宽容。从它们身上，还可以看到生命的力量。人们有理由相信，一切还是那么美好，生命可以坚韧。

冬天并不总是那么狰狞，往前走几步就会看见明媚的春。

可是，就这么几天，仅仅是降下一场白霜后的几天，它们就变得如此颓废，一下子匆匆忙忙过完一生。

也许当白霜满头时，它们会暗自得意，那一刻是多么的美，晶莹又炫目，好像春风吹过，齐刷刷地开出一些花，它们的生命又重来一回。

我也无法体味，挨挨挤挤的它们是多么的冷，是多么想甩掉头顶那一层冷凝的冰，是多么想用质朴的活力赶走那虚幻的华贵。

它们不可能，它们无法抗拒自然的轮回，温情过后总有残忍，没有谁会璀璨一世一生。

在自然面前，不光是小草，就是我们，也渺小得如一粒尘埃。春风夏雨秋霜冬雪，不管你在哪儿停歇，不管你在何处栖身，该经历的总会经历，命运不会给你开绿灯。

只是有时，我们尚不及一株小草，在风霜面前，连一刹那间的美都不及领悟，便顷刻沉沦，低下伟岸的身。

甚至由外而内，所有的精气神，所有尚可抗争的机会，我们统统丧失，赤裸裸地不名一文。

更可怜的是，在我们什么都不是的情况下，还伏在泥泞里，睥睨着小草，发出讥讽的笑声。

嘿，我比你高呢，至少还将你压在身下，至少还可以俯视着你，我比你高贵。

你可曾侧耳倾听，衰败的草叶，干枯的小茎覆盖着的尚有鲜活的生命。那冷酷的泥土包裹着的，还有蜿蜒着饱含汁水的根。

它们并没有妥协，它们吮吸着霜雪融化后的水，它们蓄积着生命的能源。它们暂时潜伏在地底，只等着来年的春风一催，便可走上崭新的征程。

可是我们，倒下之后，可曾想过重新站起，是否有重新站起的力量，能否饮风啜露，再让生命焕发青春？

一场风霜可以改变小草的容颜，却无法改变它生命的路径。一场风霜可以改变我们的容颜，却往往也改变了我们的命运。

倘若怯懦，我们连小草都不如，也许只需几天，我们便会变得陌生，变得一蹶不振。

倘若坚强，不惧风霜的摧折，在艰难愁苦中跳动一颗勇敢的心，保持着向上的力量，我们也能像小草一样，与春天亲吻。

我们可以肆意践踏小草，忽视它孱弱的呻吟，甚至比风霜更甚，直接将它们摁进泥土，让它们难以翻身。

可你千万别以为它们会就此屈服，它们能够以另一种姿态站起，在灵魂的高度上，不输给任何人。

小草才是强者，才有大智慧。野火都烧不尽，又何惧一场风霜？它表面的衰朽，只是一种以退为进的成全，它的生命在我们看不见的地方，依旧精彩纷呈。它在耐心等候，只待时机一来，便喷薄发芽，生长旺盛。

此际，它们只是累了，在小睡。

你不可不信，等到明年，你再来看，这儿又是一片芳菲。

而你呢，是否在沉积，是否在等待，是否有力量冲天而起，一如既往地精神？

亲爱的阿晨

作者：沈佑生

成都的冬天来得不晚，刚刚进入十一月，气温便骤降。没有空调与烤炉，夜里得把被子裹了又裹，才能稍微温暖些。

"我真的好想哭，真的坚持不下去了。"

屏幕上的文字带着几分崩溃、几分无助，还有绝望。

我不由得停住了在手机屏幕上翻阅的指头，突然意识到了些什么，心跳也不由得加快了几分。

给我发消息的是个初三的女孩子，叫作阿晨。她是我在"解忧暖心喵"上遇到的第十二个求助者，这也是她第一次跳开软件的信件系统来找我。简短的几句话，和这个软件里大多数人一样无助又悲伤的言语，轻而易举地让我的眼眶有些发红。

在我心里阿晨和别的来信者有些不一样。

她写给我的信标题大多数都是"愿安好"三个字，每一封信的文字都透露着小心翼翼，她会先抱歉地说"打扰了"后才和我讲述她生活里的难过。她的文字虽然总在流泪，但信件末尾又总能让人看见她自己藏起来了的光亮。

"我也是有梦想的。"阿晨在第一封来信的末尾这样和我描述她所憧憬的，"我想考上北师大的心理学专业，我想当精神科医生。现在应该说是想努力但却不知道怎么努力，可能是学习方法的问题吧。明天就期末考试了，马上要去复习啦，希望能考个好成绩。"

或许，这是一个普通人对未来最简单的规划吧？但对于阿晨来说，我不知道这是她用了多少勇气才给自己勾勒出的未来。

在那一封封信里，她曾一遍又一遍地诉说着对世界的绝望，曾一次又一次地几近崩溃，她每一次都在和我说"我真的坚持不下去了"，但又会在末尾的时候说"明天会好起来的"。

我在她的身上，看到了一些真切而又不一样的东西。

在我过往的认知里，人在寿终正寝前的非意外死亡一定都是用了巨大的勇气才能做出来的决定。它是生无可恋吗？是无畏死亡吗？

阿晨告诉我说，不是。

我们永远想象不到这样一群人对好好活着是有多么渴望。他们就像是沉浸在梦里一样，那个梦血腥可怕，承载了所有的不美好与悲痛。他们就在梦里醒着，清楚地感受着痛苦，然后选择天黑的时候睁开眼来，鼓励自己说："新的一天就快来了。"

一个人如果选择了死亡，那一定不是因为他克服了恐惧，而是因为，他已经没有了活着的勇气。而阿晨，还有千千万万个如她一般的人，她们在这个世界上度过的每一天，都是生命的勇气。

在那些摇摇欲坠的日子里，她们的心里总还是满怀希冀的。就像是一段在风里朽掉了的老树，即使干枯了，即使凋零得连一点点灰蒙的绿色都没有了，却还是将根系深深地扎进土里汲取养分。

她们的身体里都还有一个拔不出的春天的"钉子"。

"好好地哭一场吧。"我是这样回复她的。

我总在担心这次私聊的不同寻常，隔着屏幕与网络，我完全不知道小姑娘此时此刻是否安好。

她就像是一头在荒漠里迷了路的小兽，她的文字仿佛能让我听到惨烈的哀嚎。

我担忧着，反反复复去读那几句话。她说："我每天都想哭，每天都在逼自己。"她说："我不知道该怎么办，这样的状态我真的不能上学了。"

忽然的，我的心又安定了几分。我知道，亲爱的阿晨一定在为她害怕与担心的而努力着。那头小兽在黑暗中总是一次又一次颤颤巍巍地爬起来，它会义无反顾地往戈壁滩的尽头狂奔，使劲地跑，用力地迈着四肢。她总会不断地问自己："是不是再用点力就可以到达绿洲？是不是过了前方的小沙丘就可以见到澄澈的湖水？"

头顶微弱的星星点点让她不甘，生命轨迹里的美好她也拥有过，不是吗？顺着荒漠走，随着那暗淡的光走，一日、两日，一年、两年，她总能给生命寻到出口吧？

欣羡春天的温柔，贪念风中的槐花香，渴求席卷心窝儿的温暖，念叨着明日的朝阳。

这一头迷路的小兽，或许是耗尽了所有的勇气，才胆怯地朝着未来奔跑。这个每一次来信都会在末尾写"愿您被世界温柔以待"的小姑娘，得给自己多少的信念才能在苦痛时给别人送去祝愿。

我总希望，世界上有一种神奇的魔法，能让枯朽的老树长出嫩芽，能让蒲公英飞散了还能聚在一起，能让萤火虫变成星星，能让披荆斩棘的勇士找到古堡，能让那头无畏向前的小兽早日奔出荒漠。

也愿这世间所有不断给自己勇气努力活着的阿晨们始终都向着朝圣的方向，奋然前行。

169

旅伴

作者：彭霞

他到一个偏远城市出差，那是一个荒僻郊区，由于没搭到返城的车，傍晚不得不投宿到一家路边旅馆。

旅馆的条件极为简陋，一张铺着厚棉被的木板床，一台14英寸的旧电视，旁边床位上还躺着一位穿着邋遢的中年男人，头发和胡子老长，摆放在床前的一双劣质皮鞋上还沾有水泥灰，柜边还放着一个蛇皮袋。看得出，男人是一位民工。

电视正在播放一个武侠剧，民工手里抓着几颗花生，一边咧着嘴笑，一边还不断地朝地上扔着花生壳。于是，不大的空间，满屋都是花生壳。偶尔民工还抓起床头的啤酒瓶，"咕咚咕咚"猛灌两口，屋子散发着难闻的汗馊味和酒味。他推门进来时，忍不住皱皱眉头。

见到他，民工的视线从电视屏幕上转移过来，朝他讨好地笑着打招呼。他都懒得理会，径直走到自己床前，将手里的公文包放下，拿了毛巾去洗浴室洗脸。忽然，他想到包里的三万元钱，于是，又返身回来，将公文包夹在腋下，然后再去洗脸。

当他返回时，民工早已吃完了花生，喝完了啤酒，从怀中摸出一包香烟，拿出一支斜叼在嘴上，又掏出打火机，"啪"的一声点燃了。随后，扔给他一支说："抽支烟解解乏吧？"

他冷冷地接过这支烟，连看都不看一眼，就随手放在窗台上。民工看了他几眼，很想和他说话。他不理不睬，上床，装作很困地睡觉。

民工自觉地将视线重移回电视，并"吧唧吧唧"地抽着烟，对着电视自顾自地哈哈大笑，满屋子烟雾弥漫。他心里很憋屈，很后悔来到这个地方。

实在无聊，便躺在床上拿出手机给女友打电话，抱怨这里的条件差，床板硬得像石头，环境卫生也差。抱怨完，他看了看钟，都十点了，于是闭上眼睛睡觉。

还没睡着，忽然，听到邻床上民工打电话的声音。原来，他正打给自己的老婆。他在电话里高兴地说："我没赶上车，住在旅馆呢！明天一早就可以到家了。"

接着，他又听见民工对老婆说："住旅馆可舒服了，那厕所干净得简直像咱家厨房。下次来，我也带你住上一宿……"

民工打完电话，很兴奋地枕着手臂，眼望着天花板。一忽儿，又转过头，朝他望望，似乎一点困意也没有。他想着床头柜上包里的钱，于是，悄悄拿了塞到枕头下。

很晚了，他有些困，很想睡觉。可他看到民工只是闭上眼睛佯睡，还不时睁开眼偷偷瞟他。担心钱，他不敢睡着。

不知是什么时候睡着的，当他醒来时，民工早已经在洗漱了。他摸摸枕头下包里的钱，还在。

于是，放心地去洗漱。当他回来时，民工正在整理编织袋里的衣物。编织袋里的东西很杂很乱，他清晰地看见民工从包内拿出几沓钞票，又重新放了回去。他估量了一下，那些钱少说也有三万元，估计是男人一年的工资了。

　　见到他，民工微笑："睡得好吧？我睡觉爱打呼噜，昨晚都不敢先睡着。"

　　他忽然有些惭愧，并报以会心的一笑。

不远万里

作者：时半阙

"爱真的需要勇气，来面对流言蜚语。"

当年，梁静茹这首《勇气》红遍了大江南北，有情人们好像一下子找到了豁出去爱的勇气。可鳗鱼粒不同，她的有情人不见了。

我刚认识鳗鱼粒的时候，她和 Z 先生早已分手。跟所有旧情难忘的痴情种一样，鳗鱼粒坚信那句"念念不忘，必有回响"。八年过去了，鳗鱼粒还坚持喜欢 Z 先生。

所有人都不理解，天涯何处无芳草，何必单恋这么一个前男友呢？可是，鳗鱼粒的喜欢，热烈又疯狂。在多少个黑夜里，她对内心深处的自己说："只要他还没有结婚，我就还有可能。"

所有人都不认同，只有鳗鱼粒一个人在这段感情里独自舞蹈，她一个人抱着那段回忆走过了好多个春夏秋冬。那个她钟爱的 Z 先生有了自己的生活，虽然还没有合适的伴侣，却活得比任何时候都要精彩。他去健身、去支教、去旅游，认识了很多新朋友，挑战了很多个"不可能"。鳗鱼粒窥视他的朋友圈，仍跃跃欲试地要闯进去。

朋友们都劝她放手，我也劝她放手。

从前，她愿意疯愿意闹，我也就陪着她四处撒野。她上体育课的时候会跑到 Z 先生的班看他打球，还会故意在附近晃荡。她故意出现在 Z 先生每天都路过的小道，只为了某天某时某刻会擦肩而过。她会有意无意地喜欢上 Z 先生钟爱的陈奕迅。她会在 QQ 空间记录他们的特殊日子，更新她每一天的状态，只为了 Z 先生会好奇多看一眼的可能性。

慢慢地，那些少女举动逐渐成为她的习惯。可这么多年了，她始终没有获得那好奇的一瞥。尽管如此，她还是会从别人嘴里打听 Z 先生的生活，只要他过得好，她就会有动力。

情根深种偏偏没有结果，一个人的青春韶华还有多少可以浪费？

"你干等着有什么用，等不到他回头就别再等了，去找一个喜欢你的男孩不好吗？"我看着她这样也很难过，她的喜欢，不远万里地穿越了时间。

"可我还是喜欢他啊，他就像我的光。"

光。

鳗鱼粒不远万里地奔赴那束光。

她要站在舞台上，让 Z 先生能够再看她一眼，听她用歌声表达爱意。她要留名成绩风云榜，让 Z 先生路过电子屏幕时可以看见她的名字。她要每个周五都点一首陈奕迅的歌，每个生日都要给他送上匿名的祝福。她要那束光，接收她不远万里的脚程。

她想要借着那束光，成为光。

"你们都别劝我，我不听，我知道我在做什么。"我劝她的时候，鳗鱼粒如是说。不管她面对爱情是否理智，但她有抵抗众人的勇气，有不到黄河心不死的胆量。

不死心是一种勇气，你可以嘲笑她爱得沉重放不开，但她偏偏就有这种力排众议坚持自我的坚定。没有打扰白月光 Z 先生，也没有打扰别的什么人，她只是默默地喜欢，将喜欢变成往前冲的勇气。谁说她不够勇敢呢，她分明把最不可能的事情坚持下来了，成为默默成长的赵默笙，即便没有何以琛。

今年的鳗鱼粒还是会迈着坚定的步伐去追寻喜欢的东西，还是会一往无前地沉溺在所爱之中，清醒地感受爱人的胆量。谁能不佩服她呢，不远万里的爱意绵延不绝地流动。她爱，故她在。

"终于做了这个决定，别人怎么说我不理。"

梁静茹当年唱出了一个鳗鱼粒。

词不达意

作者：知非

今天刷微博的时候，看到一句话："我发给你的信息如果你很久不回，我就会默默删掉那个对话框，因为看着那个对话框仿佛就看见了自己的卑微和讨好。"但我从来不删那些由我主动开始话题的对话框，我年少时代用来喜欢一个人的勇气，都在里面。

"你好，请问你是董咚同学吗？我是 16 级工商管理专业的林天，听说你捡到了我的饭卡？"室友推门进来，刚巧看到我正对桌子上摆着的一张饭卡连连作揖，问我今天练的是哪个门派的武林绝学。"不不不，我这刚捡到一本武功秘籍，正高兴呢！"拿起一旁的手机，我小心翼翼地在手机里回复学长的信息。没错，在一张饭卡不经意闯入我的生活后，我暗恋的学长林天，自己找上门了。

"学长，听说明天你有篮球赛？"我在室友的"怂恿"下，鼓起勇气发出这条信息。看着微信聊天里那个绿色的对话框，我紧张得心脏都快跳出来了。我早就打听好了，明天你们院要和车辆学院打一场篮球赛。其实，我已经在球场边的角落里，默默为你喊过许多次加油了——看你飞扬的衣角，汗湿的发梢，流畅的转身，帅气的投篮。可我非要用一句话伪装自己从没看过你打球，只是不经意的，随便问问你，甚至还只是"听说"。

"学长，我买多了一张赵雷演唱会的门票。如果你需要的话，我可以给你。"大一看到你在社团招新时抱一把吉他弹唱了一首赵雷的《南方姑娘》，好可惜，我偏偏来自北方。只喜欢听饶舌和摇滚的我突然就无法自拔地爱上了民谣，还买来一把吉他，练得手指已经起了好几次的茧。后来才知道，你只学会了弹那一首歌，我却熟练得曲曲拿手。

"学长，你有管理学的笔记吗？救救紧张复习的小女子吧！"找你要笔记？我真的是没话可说了才想出这么个蹩脚的理由。你的《管理学》上学期挂科了，偏偏我们重合的学科只有它。可是，我有什么办法呢，你不主动找我聊天，我只能想一个目的性不那么明显的理由找你说说话，虽然你更多的时候只回我一两个字，以致用最简单的话语浇灭我内心的小火花。

"学长，这首歌真的很好听。"发完这条信息，像以前许多次一样，又开始无止境的等待，一分钟，十五分钟，半个小时，还有更加漫长的等待。就像这首歌的歌名一样，"词不达意"。我的暗恋和喜欢被我藏进密不透风的心房里，我只敢用笔在砖墙上刻下那些不敢告诉你的秘密，在想象里幻化出五彩斑斓的颜色，温暖自身。那些由我发出的对话框，是我所有的勇气，试探和小心追问都"不达意"。分享了这首歌给你，我向你挥挥手说再见。

其实，我也没有想到，喜欢你这件事竟然会改变我这么多。你不会知道的是，我开始追每一场 NBA 的球赛，被库里的神仙三分俘获，被邓肯的打板投篮吸引，为诺维茨基的"金鸡独立"惊叹；你不会知道的是，下定决心弹好吉他后，我的左手指间被磨起一次次的茧，赵雷成为我的每日必听，而乖张燥热的说唱却播放量为零；你不会知道的是，知道你的《管理学》挂科之后，我开始恶补到《管理学》的成绩接近满分，那些理论和知识点我都烂熟于心，内心隐隐期待如果有一天你找我帮你复习，我一定能真真切切地帮到你。《词不达意》里有一句歌词："你身旁冷清拥挤，我一直在这里。"在大学校园拥挤的人潮里，我总是一眼就能认出你的背影。

我从来不删那些对话框，我每次看着它们，就感觉像是看到了那个满怀勇气轻轻靠近你的我自己。绿色的一个个对话框没能耗光我的勇气，我只是觉得，那些躲在屏幕背后，或者说站在你身后默默喜欢你的情感，该告一段落了。

从今往后，我的勇气只送给我自己。

勇者改变命运

作者：迎风走

白天工作的时候，收到领导的邮件，居然是近期的一个客户投诉我，真是气不打一处来！

心情低落，压抑极了。

下班了，我默默地离开了办公室，内心充满了深深的无力感。

秋日的傍晚，夏天的余热还未褪去，心里的烦躁却减了几分。下班经过广场，一群孩童穿戴着红的、绿的、蓝的……五颜六色的设备，像蝴蝶般轻盈地飞舞。

原来他们正在上轮滑课，旁边几个年轻的哥哥姐姐在指导着。看着他们朝气蓬勃的脸蛋儿，轻快自如的身影，我不禁驻足观望。

当我看着入神的时候，忽然听到"砰"的一声，转过头来，原来是一个三四岁的小女孩摔倒了，只见她不哭不闹，艰难地站起来，马上又继续溜起来。

她年龄较小，比其他的孩童慢一些，笨拙一些。

不一会儿，她又摔倒了，似乎摔得有点疼，爬起来，脸上的表情有点委屈。

她回头看看后面的妈妈，又继续练习。

初生牛犊不怕虎啊！我感叹，怎一个勇字了得？

小时候，我也是天不怕地不怕的小孩，上山爬树捉鸟，下河抓鱼摸虾，专干男孩喜欢干的事情，专干女孩不敢干的事情。那时候，我以为勇气就是去干常人不敢干的事情。

中学时看了《三国演义》，顿感醍醐灌顶，有勇气有智慧才是人间正道啊！

吕布能征善战，勇猛无比，素有"人中吕布，马中赤兔"的美誉。

可惜他却恃"勇"生骄，狂妄自大，不进忠言，见利忘义，两度弑父，最终落得个缢死白楼门的下场。

而相比起来，家喻户晓、有勇有谋的诸葛亮，不仅生前上演了草船借箭、火烧赤壁、空城计等著名典故，死后还吓走了司马懿的大军，让蜀军安全撤退。

有勇无谋是莽夫，为人处世不可冲动莽撞，需深思熟虑，三思而后行。

晚上吃饭的时候，翻阅着订阅号的文章，无意中看到了一个得了"无脸症"的日本女孩的故事，才明白真正的勇敢是接受自己，并有勇气改变现状。

女孩叫山川记代香，生下来就患有无脸症，面部畸形，听力受阻，说话也不流畅。小时候的记代香活泼好动，与普通小女孩无异，一样的喜欢花和裙子，喜欢唱歌跳舞。可是随着年龄的增长，记代香发现以前的小伙伴逐渐疏远她了，邻居家的孩子甚至还称她为"怪物"。

她终于意识到自己外貌的特殊，从此变得胆怯，畏惧他人的目光，她开始不敢出门了。

有一天她流着泪对妈妈说："我什么都没做，他们却把我当作怪物！"

妈妈心痛极了，安慰女儿的同时鼓励她："既然大家都害怕你，为何不坦诚地面对大家，把你的病告诉大家呢？"

刚开始，记代香是拒绝的，谁又有勇气当着不喜欢自己的人面前发表演讲呢？最终，在经历了无数次的内心挣扎后，记代香决定鼓起勇气面对，在全校师生面前分享她的故事。

最后，同学们都哭了，她也哭了，哭得浑身颤抖。

从此以后，同学们接受了她，她再次变得阳光自信起来。

大学毕业后，记代香做了一个令所有人都意外的决定：离开家乡，离开父母，去外地工作，她明白，人总是要学会成长的。

现在的她在市政府工作，与同事们相处得很好，大家也没有把她当作"特殊的人"对待。

犹太教典籍《塔木德》里有一句祈祷语：

愿上帝赐予我宁静，去接受我无法改变的事情，赐予我勇气，去改变我可以改变的事情，并赐予我智慧，让我分辨这两者的不同。

勇者改变命运。

记代香正是这样，她无法改变自己患"无脸症"的现实，却敢于接受它面对它，勇敢地站在同学们面前，说出了自己的故事与心声，获得了大家的接受。

甚至她长大后离开家乡，独自面对社会，改变了自己的一生。不是吗？

难道现在的生活不是自己选择的结果吗？

无论当初的选择正确与否，已经不重要了。

我平复了心情，坐回电脑前面，认真地回复领导的邮件。

第八章 —— 愿你无论多大都有从头再来的勇气

人也是要经霜的，人生不能太过顺利，就像一马平川的平原，一览无余，白开水一样寡淡无味。人不经历一些坎坷、曲折、挫折，不足以谈人生。

你是人间小欢喜

作者：诗语萱

我和你在人间行走，不能白白地来一场，更不能辜负了良辰美景。只是，那时候，谁会想到你会是再见之后的一个"求不得"。

世界上最好的画笔，不是仅能勾勒出人们的皮相，而是能够画出灵魂。我怎么也不会想到，一幅画的背后是万丈荣光，亦是我不忍也不能继续下去的小欢喜。这个故事，一直都存在于我的心灵深处，机缘巧合之下，能说给你听，也算是一种特殊的缘分了。

你的学生时代是怎么度过的呢？我的无比简单，在平淡之中按部就班地上课、考试、学习。按照今天的说法来看，就是很"从心"的人，其实就是尿乖尿乖的一个人。思绪被拉回到很久以前，久到我是真的不愿意再提起的以前。

可是吧，即便是真的不愿意提起，可我也想告诉你。

某初中空降了几位老师，这事情在今天的我看来，并没有什么稀奇的。但在 17 岁的我看来，是一件特别的事情。这几位老师是年轻、活力、新生的代名词，是我们刻板又无趣的学习生活中最大的乐趣。

之所以絮絮叨叨这么多，是因为我遇见了一位"伯乐"。

即使语数外这些"正宫"课程都比你重要，但我们也不能独宠"正宫"，对吧！？与我而言，我是最喜欢美术课的，倒不是因为我沉迷于艺术无法自拔。我只是懒，喜欢在美术课上发呆，享受着"灵魂出窍"的快乐。

那一节课，我见到了漫画里走出来的少女，长发披肩且声音温柔。自然而然，我就没有了"灵魂出窍"的心情。好巧不巧，就在我瞧着她的时候，她也在看着我，一步一步向我走来，就像是被设定好的一样。可我清楚地知道，那是因为我太过出神——坐在第一排就敢出神，也不知道是谁给我的勇气。

我是一个普通得不能再普通的学生，而她是自带光芒的少女，温暖且热烈。

"本节课的作业是人物画像，大家不用着急，慢慢来，在下周上课之前交给我……"声音温柔，如山间清泉，即便形容老土，但事实的确如此。

当时的我，就是这样的感受，也丝毫不介意辞藻过于"矫情"。17岁只有一次，矫情也只有那一次。

人物画像——太难了！

天知道，小学的时候，我就因为画不好一棵大白菜而被撕了一个绘画本。这件事，至今仍被我当作笑谈，同样在我心里留下了"阴影"。就是这样带着阴影的"大白菜"，让我一度怀疑，我的艺术细胞早就变质成了艺术细菌。

人物画像——真的太难了！

我实在是不想画一个活生生的人，我不知道他在我的笔下，会变成什么奇奇怪怪的存在。我不想被人取笑，更不想再被撕掉一个绘画本。买本子的钱用来买零食，不好吗？用一句很文艺的话形容我的心情：外面的艳阳与我无关，我的眼睛下雨了，暴风雨已经来临。

我当时要是有撒娇的觉悟，后来就没有故事了。

后来，看着那张温柔的脸，我突然想好好努力一次，认真地拿起铅笔，一笔一画地描摹起来。教室在二楼，有阳光从窗边洒下来，她的脸就更加温柔，是一种完全没有攻击性的美。那张脸看起来，让我有想要好好藏起来、认认真真画出来的冲动。

年少的我，总是固执得可怕。

当下课铃声响起的时候，我飞快地跑过去拦住她，有些唐突："老师别走，你帮我看看，这个可以吗？"

我把所有的认真和努力描摹拿给她，她轻轻地笑了一下，没有说好也没有说不好。可我知道，她是看过眼了。

你看，其实也不难。

等到第二节课的时候，她把我画的画挑出来点评，亦是不好不坏。可她分明是笑着说："这位同学画得很认真。"

即使当时只得到了"认真"的肯定，也足够我窃喜许久。

再后来的后来，也不知是上天喜欢认真的人，还是我足够幸运，我时常出现在老师的身侧——她会教我画画。水墨在笔尖游走，不一会儿便有山山水水、鱼跃锦鲤，渐渐地在我的眼前展现。

"老师，你也太厉害了。"

其实，我知晓这样的厉害经历了什么，一幅成功的画作之后定然是心血万千。

后来的后来，老师也教我画出了鱼跃锦鲤，给了我一份肯定和荣誉。我清楚地记得，她握着我的手，一笔一笔地教我画画，还有她的长发从指间穿过。可那时的我，当真是养不起昂贵的"艺术"，学画画要花的钱，远不止一支画笔的钱。

有时候，事情都会变得世俗且无可奈何。

老师对我说："其实，我可以帮你买些材料……"后面的话大概是我也可以教你、我看上了你的认真、我觉得你可以之类的。

我过早地认清了现实，也懂得她肯定会帮我，只是我那少得可怜的骄傲不允许。

画、笔之间的交流，从那一刻便基本画上了句号，而我在多年后得知她结婚生子，一切安好，打内心里为她祝福，只是在毕业之后的茫茫人海再也没有遇见过她。全国的证书早已找不到，连同登上报纸的荣誉，在几经波折之后也已丢失，就好像我丢失了年少时的珍之重之。

我并非淡泊名利，也并非真的不喜欢当时的创作，更不是没有虚荣心。只是遇见了那样好的人，本就用了许多力气，从那之后再无人教我作画，而我更无法拿起画笔。

187

今日回味，只觉得人间欢喜万千，也有悲喜万千；年少轻狂，便觉得一切都可挽回，最后却失去了很多；时光匆匆，才明白那时候的遇见有多么珍贵。

若我隐秘的祝福能被你听见——那个女孩，希望你，岁月静好，拥有人间的小欢喜。

被岁月缝合的缝纫机

作者：岭头落雪

小时候，只要村里有裁缝来做衣服，裁缝师傅走到哪家，我们一群半大的孩子就跟到哪家，整日里围着裁缝转，看她怎样裁剪，怎样车衣，喜欢听那"嗒嗒嗒"的美妙声响，更喜欢看飞一样转动着的神奇轮子。当然，最想做的是希望能坐在只有裁缝才能坐的位子上，拿一块碎布车两下，过过裁缝瘾，体会美妙无比的缝衣感受。自然，能得到这样机会的人不多，毕竟那是人家挣饭吃的工具。

有一天，家里也请裁缝师傅来做过年的新衣了。头天晚上，我求了母亲。母亲拗不过我，就去恳求裁缝师傅，终于让我如愿以偿地上了一回缝纫机。可还没等我尽兴，笨手笨脚地就把人家的针给弄断了，弄得我们心里很过意不去。于是，父母决定用喂养两头猪的钱，去买一台缝纫机，指望着我能为家里补补衣服、车车袜底……钱够了，可到哪里才能买得到缝纫机呢？这下可让我们大伤脑筋了。

一天，突然听说城里正在卖缝纫机，说是谁去了都可以买。这样天大的好消息，让我十分兴奋。正巧那天村子里来了一辆运木头的大货车，在卖木头人的帮助下，我和对门也想买缝纫机的张嫂兴致勃勃地到了县城。匆匆赶往唯一的百货商店，那里静悄悄的，哪有什么缝纫机的影子？问神气活现的售货员，她理也不理。我们只能这样猜想：那传说中的缝纫机，不是早上卖完了，就是听到的是假消息。第一次买缝纫机就这样泡汤了。后来，没有车回村，我们是到本村在被单厂做临时工的梅梅那儿过的夜。

又过了一段时间，村里的刘伯伯，让人意想不到地挑来了一台亮闪闪的台湾生产的缝纫机，这样的大事一时间在村子里传开了，大家像看新娘子似的围到了他的家里。我赶去时，正听一个大嫂在说："真是朝里有人好做官哪！你看，女儿小英冬天要出嫁就有了缝纫机，多体面！"原来，刘伯伯有个城里的亲戚，是他给刘伯伯带来口信。刘伯伯那个要出嫁的女儿，在一旁幸福得把一张原本就好看的脸笑成一朵美丽的花了。

晚上，父亲和张嫂一家人商量了一下，决定由他和张嫂的老公去买。记得那天父亲和张嫂老公为省下坐车的一元钱，早上天没亮就走五十里的路到城里，缝纫机买后，赶中午唯一的一趟车回来。

高兴得无法形容的我和张嫂老早就站在对门马路上等着，望酸了眼的我们终于看到一辆白色的班车，从山那边开了过来，到我们面前缓缓地停下来。车门打开，父亲驮着两个淡黄色的大纸箱头一个下了车。这次真的买来了，那一刻我心里像吃了蜜一样甜滋滋的。

可是，这花了170元买来的缝纫机却不尽如人意，远没有国产的蝴蝶牌和闽江牌的好用。但不管如何，有了这台缝纫机，我就能从学做袜底、鞋垫开始了。初时车的线条歪歪扭扭，还接连弄坏了好几根针。好在没两天，我就能把那台费了九牛二虎之力买来的缝纫机操作到得心应手的地步。我的进步让来看热闹的姑娘大嫂们啧啧称赞。于是，东家拿来一双鞋底，西家送来一件破衣，一会儿的工夫，我就能让她们满意而归。

渐渐地，我会车被套，会用零零碎碎的花布头剪成三角形或棱形，拼成几何形的漂亮书包、枕头，左邻右舍络绎不绝地找上门来，她们拼命地夸我手巧，我就卖命地为她们义务服务，大有一种士为知己者死的慷慨……一台缝纫机，让原本贫瘠的少年生活变得多姿多彩起来，那时的我真为拥有一台缝纫机而高兴、而自豪。

再后来，日子一天天好过起来，穿破衣服就少了，就连那些曾经被认为非常非常美的碎布枕头、包包也早就被人弃之一边去了，我对那台缝纫机也失去了原有的兴趣。本指望用它来缝合岁月的缝纫机，却被岁月无情地缝合起来。如今，它躺在我家楼上一角的尘埃里睡着大觉呢！

月季之心

作者：福7

初冬，万物萧索。院子里所有的植物都悄悄合了眼，闭了心，入了眠。唯独墙角有一株月季，反季节生长，不仅结了花苞，还有开始绽放的趋势。

不过，寒冷的空气让它的每一分努力都困难重重。连续几天降温，夜间它必须保证在零下的温度没有被冻僵，然后在白天温吞吞的阳光下汲取所有能量。

冬雨冷冰冰的，拍打在它嫣红的骨朵儿上，顺着花苞缓缓滑下，滑下花枝，滑入根部的泥土中。它依然仰着小脸，不但没有半分委顿，反而露出些许倔强。

没有蝴蝶与蜜蜂，没有暖阳与和风，甚至少了姹紫嫣红的同伴。这一切，和它沉睡时做的那个多彩的梦完全不同。

在梦中，白天，它听见小鸟在扇动翅膀，猫咪睡在阳光下，呼噜打得酣畅。夜晚，草里蟋蟀的歌声悠扬，还有梧桐树上的蝉鸣大合唱。它还听到黄瓜在比个头，南瓜花在找朋友，豆角架下的老婆婆，挎着篮子的脚步声，还有院中央的荷花池里，几尾红鱼无聊地吐泡声……它的梦做得实在是有些长，长到夏消、秋逃，冬已到。

可是，那又如何？

它终于醒来了，独自生长，独自绽放，孤独也变成一种给养。所有的花朵都见过阳光明媚，见过春风化雨。可是，哪个如它般见过寒风如刀的凛冽，见过大地灰蒙蒙的萧瑟。

菊花也败了，菊花开后百花杀，菊花开后还有这样一株长着反骨的月季。它也许是不合时宜，但"生长"本身就含着几分恣意。青春无悔，年轻的生命谈不上浪费，没谁规定步履匆匆就最美。

仅有的几片叶子还在呵护着欲绽的花苞，像穿着军装的骑士呵护任性的公主。——只要你想，只要我能够，舍去生命也护你所有的胆大妄为。花与叶，同沐朝阳、同担风雨，一呼一吸间，各自完成自己的信仰。

花苞可能早已不在乎自己是否能在世间一展笑颜，所有对美丽的追求已涅槃为坚强，悄悄在心底绽放。做好此刻的自己，迈出的每一步都遵循自己的心意，每扛过一场寒风、一阵冷雨，都在创造奇迹。它也许在暗暗期待与冰雪的相遇。

生命无法战胜一定之规，但永远有权利挑战权威。经过挫折，历过风霜，在下个春季，这株小小的月季，必会珍惜萌发的时机，懂得不早不晚，在大自然中与万物相遇。

没有最好的年龄，只有最好的自己

作者：相宜

未知的渴望总是存在于人生的每一个阶段，永不停歇。小孩渴望一夜长大，长大后自由自在；大人渴望返老还童，年少时无忧无虑。每个人对最好的年龄都有不同的定义，或许是过去，或许是未来，或许是现在。

我儿时最羡慕的一名编辑开了直播，她本意是无聊想找人聊聊天，话题从东往西从南到北，最终逃不掉一声感慨。

"唉，真羡慕你们啊，正是最好的年纪。"她说。

屏幕上疯狂蹦出一堆夸奖，无异于"姐姐永远18岁，我们是同龄人呀"或是"我的梦想就是向姐姐现在这样，成为一名编辑"。

她盯着屏幕认真看了许久，突然腼腆地笑了笑。"说来惭愧，我现在挺遗憾的，特别想回到学生时代好好读书。"

作为多年的老读者，我们都知道她学历不高，早早进入社会工作，正要说一些安慰的话语，她又开口道，"我现在看着你们，我就挺能理解为什么父母要让孩子好好学习的心情了，以前太渴望长大了，总想着以后自己能施展拳脚，博得一番天地，但是现在看来，没有把握住当时的时光，反而会给自己留下遗憾。"

语毕，她沉默下来，不时抬眸看看弹幕，被一两句话语逗笑。

"这可不是劝诫你们好好学习，只是工作以后很难再有完全空闲的时间来充实自己，而且会很自卑。"

我听到最后一个词猛然抬起头。

看她似坦然地慢慢说着："当你遇到非常有文化底蕴的同行，你在读他们所写的作品时，会像是触摸到了新的世界，一个你完全不了解的世界。"

这种体会大概是学霸给你讲题，告诉你什么题目对应什么公式，可惜的是你连公式本身都不知晓。

她见屏幕上一片笑声，又恶狠狠地说："还笑我，你们估计也深有体会吧！"

在一阵欢乐中，她轻松活跃气氛，转移话题。

"虽然我这样说，遗憾归遗憾，错过的时光一去不复返，如果永远只后悔过去，渴望未来，这不就变成一个死循环了吗？"

她关掉直播前说的最后一句话是："最好的时光其实是现在。"

屏幕突然切换到不知名的页面，我抱着学习写作技巧的念头进来听了一小时的人生讲堂，还乐在其中。

可能是人人都对遗憾这个词颇有感想吧。

上帝最公平的就是一天二十四小时，无人有例外。人生成长的道路不乏相似，年龄意味着你在这条路上走的长短，你先走一步可以体会春天的俏，我晚走片刻可以欣赏秋日的寒，路是相同的，要看人怎样走。

我愈发可以感受到这种对于年龄的感慨，其感叹的不是岁月本身，而是过去的自己，以二十岁的眼光来审视十岁时做过的事，大多数可以称得上惨不忍睹，但是唯有接受，接受自己，无论好坏，这样才能毫无芥蒂地拥抱明天。

今天的自己不要给明天的自己留下遗憾，因为遗憾也是会堆积的，如同滚雪球一般越来越大，让人感到无力。

有谁可以定义最好的年龄呢，每个人的成长轨迹各不相同，只能说你偏爱于那个人生阶段的自己。

感慨昨日，期待明天，其实都不如用心看看今天的自己，把握好每一分钟，哪有什么最好的年龄？每一个今日，都是最好的自己。

赶紧开花

作者：凉月满天

她笑容开朗，心态阳光，看着她，没有人知道她是一个罕见病患者。她的病很特殊，学名叫作"三好氏远端肌肉无力症"。我先是从小说里知道有这种病的，男主角得了这种病，刚开始只是一两束肌肉群不听指挥，后来会发展到全身所有肌肉群都不听指挥，意识清醒，全身瘫痪，连眨下眼皮都不可能，就这样"迎接"死亡。

真惨。

更惨的是，全球病例只有40人，她是其中一位，她姐姐是一位，弟弟是一位。一门三绝症。

小时候，她动不动就跌倒，别的孩子一下子就能爬起来，她却只能把全身重量都压在手臂和膝盖上，爬到路边或墙边，然后慢慢想办法让自己扶着高处立起来，痛啊。

19岁那年，她、姐姐和弟弟同时发病，医生叮嘱三姐弟："赶紧做自己想做的事"，分明是下了"死亡"判决书。姐姐崩溃大哭，想去死，她却想着怎样才能够有尊严地活下来。她说服姐姐："你连死都不怕了，为什么还会害怕活着？"既然妈妈带着姐弟仨奔波求医是无效的，她又跟妈妈说："人生有比看医生更重要的事情。"于是妈妈也被她说服了。

然后，她开始鼓起勇气，走上社会。别人坐出租汽车的时候，一迈步就能上车，她却得扭身把屁股坐到椅子上，然后用手一只一只搬起自己的脚放进车内。有一天，她遇到一个司机，看她的别扭模样，得知她是先天恶症，就告诉她，自己的太太得了肾脏萎缩，住了很久的医院，最近恐怕快不行了。而他的儿子智商不好，不能让他出去乱跑，只好关在家里。小孩子不听话，他就打，打得小孩子一直哭，哭累了就会睡着，这样他才能出门赚钱养家⋯⋯

她真切地感受到，这个世界上，不幸的人真多。下车的时候，她把所有的钱都掏出来，跟司机说："带太太出去走走，吃顿好的，我请客。"然后，再打开车门，把脚一只一只往下挪。而司机双手紧握方向盘，低着头，浑身颤抖，眼泪打在方向盘上。

后来她才想明白，其实，司机是看到她的不幸，所以自揭疮疤，用自己比她还不幸这个事实，来笨笨地安慰她。这个世界上，善良的人比不幸的人更多。

她想，帮助弱势群体中的更弱势者，也许就是她一生的使命，用她自己的话来说，就是："我期盼所有老弱病残，都能不再活在恐惧与无助中。"人生有了目标，心中有了愿望，她鼓足勇气，勇往直前。她说："我们的生命不够长，不能浪费时间在愤怒、吵架、报复这种事情上面。"

现在的她不但是台湾人间卫视的新闻主播，也是弱势病患权益促进会的秘书长、罕见疾病基金会和台湾生命教育学会的代言人。2007年与台大教授结婚，2011年接受中国国民党征召参选，希望能提供切身经验，"以'立法'方式，为老弱病残打造可长久的安身立命的制度"。

她叫杨玉欣。照片上的她，眼神明亮，笑容灿烂，生命如桂花绽放。

198

读过一本书，叫《2012，心灵重生》，书中提到桂花的开放方式："如果希望桂花在某段时间开花，非但不能多浇水，还得特别少浇一些。原来，当水分不够的时候，桂花树会有危机意识，怕自己还没开花就死了，就会赶紧尽力地开花！"

　　其实这个世界上，人人都是桂花树，只是有的花树享受的水肥过于充足，疯枝狂长，平时总是说忙呀忙呀，到最后大限临头，却发现以前那些让自己忙的事，全都是无谓的，可是也晚了：活了很久却一朵花也没有开出来。而有的人生命短如流星，却光芒耀亮天际——他们也是一棵棵神奇的桂花树，命运不赐给他们足够的水肥，他们却凭着厄运，促使自己开出鲜花，香遍天涯。

火爆栗子

作者：暖纪年

大概国庆前后，南方天气渐凉，换上长袖，就是可以捡栗子的日子了。国庆七天假本来就开心，捡栗子更是我最期待的事情之一。

我的好朋友阿白家的后山上就是一片栗子林。

栗子成熟的时候，会捡栗子的大人能捡一箩筐回来，并且捡到的栗子又大又圆，栗褐色的表皮泛着健康油亮的光，让人眼馋不已。栗子煲鸡汤最是香甜，放上几片生姜、绿色葱段，再丢入切块的鸡肉和去壳的栗子，栗子会吸走不少浮在鸡汤表面的油腻。喜欢温补滋润的，还可以加上一些红枣和枸杞，看起来红红的也煞是好看。

用砂锅细细地熬、慢慢地炖，开锅后盛在家常的白碗里，撒上一把碎碎的葱花，一下子把鲜香味全勾出来了。用勺子把沉底的栗子捞上来，咬一口粉糯香甜，连鸡汤都带着栗子的甜香，冷风天里喝起来暖烘烘的。

家里人都不太允许小孩子捡栗子，每每都要吓唬我们，每年都有人被带刺的栗子壳砸中的。栗子树长得高高的，栗子悬在空中，风一吹"呼啦呼啦"的，就能听见成熟的栗子"咚"的砸下来的声音。每次我们都觉得后背一凉，害怕砸在身上，暗暗后悔忘记戴个帽子或打把伞进栗子林。可是，捡着捡着，发现砸中人的可能性实在太微小了，也就放开了胆。

一开始，我和阿白学着大人，拎着长棍子进栗子林，爬上树扶着树干打栗子。低矮的树枝上成熟的栗子都被别人打光了，高枝上的我们又不敢去打。费了九牛二虎之力，才打下一个半青半黄的栗子，有坚硬的壳包裹着，像一个蜷缩成一团的小刺猬。

我们用鞋踩开还带点青的硬壳，果然栗子还没有熟，有白色带点黄色的条纹罢了。壳尚算柔软，掰开里面还是嫩白色的肉，咬起来有甜味，但总归没成熟的好吃。

我和阿白正烦闷着，随脚踢了踢路边的落叶，枯萎的栗子叶铺满一地，轻轻一踩就干脆地裂成碎片。我的脚突然踩到一个硬硬的东西，抬脚一看却是一个浑圆的、褐色的栗子！

栗子经常藏在树干周围的落叶堆里，我们像是发现了新大陆，一棵树一棵树地刨起来，拿着树枝一扫，一个接一个的栗子露出来。一人搜索半个山头，最后两个人都捡了一大捧，用衣服兜着回家。

阿白在家里用砖块垒成一个小灶，用枯草引火，再丢一些柴进去。我们用最原始的方法做"火爆栗子"，火烧热烈了就把栗子丢进去，然后躲得远远的。怎么判断栗子熟了呢？栗子烤熟了就会发出"砰"的一声，像爆炸一样。

栗子皮裂开了，绽出金黄色的肉来。用火钳把栗子扒拉出来，稍微凉了就剥开。烤栗子粉糯粉糯的，咬一口有粉末感，带着焦香的清甜。如果不喜欢烤黑了沾在嘴上黑乎乎的，也可以先用水和泥裹在栗子上再丢进去烤。

小时候，父母带我去寺庙，尽管山非常高，阶梯几百级，新年祈愿的人还是非常多，是很不容易才能走到菩萨面前的。香火氤氲环绕，父母推推我，让我跟在大人身后许个愿。

我特别虔诚地双手合十，许了当时最大的愿望："希望我捡到的栗子能和大人一样多。"

可惜到现在，我都长大成人了，也没能成功捡到过一大筐栗子回家。

只有乌龟才会躲进壳里

作者：赵悦辉

我来到现在这个学校两个月之后接了一个班，这个班的孩子已经学习了两三年英语，对此我感觉很好，毕竟他们有一些基础。现在的孩子都聪明，应该不难教。可是经过一个多月和他们相处下来，我才发现我错了。

这个班的孩子看似会了很多，但事实并非如此，说一个句子错一个句子，很多简单的单词也不会拼写，还不如我的幼儿班。有两三年的学习基础，这些孩子不应该是这样的呀。我开始寻找这些孩子没有进步的原因，后来发现这个班的孩子学成这样是正常的，学好了才不正常。

首先，课堂氛围不好，一个班的学生三三两两组成一团，轮流逃课，几分钟的时间听课的就只剩两三个人，不回答问题，不配合老师。

其次，回到家不做作业，一周七天作业，一个班的孩子加起来才能完成一周的量，很多孩子根本没有做作业的习惯。留的语音作业，课文回去不读，留的书写作业，单词回去不背。

最后，家长的监督力量不够。这个班的家长都是成功有为的，不是大学教授，就是公司经理，每天都忙工作，通过接送孩子这件事，我也发现这些孩子是由爷爷奶奶或者姥姥姥爷看着的。

这三点就说明了孩子不会的原因。

从前这个班是别人负责的，成绩如何我无权说话，但是现在是我的班级，成绩代表我的能力，我的责任心，加大力度已经势在必行。

针对这三点，我采取了不同的行动。在我的课堂上反复带他们练习课文朗读，每天留出十分钟教自然拼读，告诉学生背单词，每次上课都考，错三个以上就被留下。给每个家长打电话，说明孩子情况，他们需要配合什么，对他们工作的辛苦表示理解，也强调孩子学习成果的重要性。这样刚柔并济，晓之以理，动之以情，得到了其中一位家长的支持。

我以为有了这些就能解决问题了，我期待考试，希望看到他们的进步，但是我又错了。

经过三个月的努力，他们的成绩依旧没有什么太大起色，点点进步根本无法满足我对他们的要求。

我有些气馁了，为什么做了这么多还是没有效果？看着这个班的孩子，我有点体会到上一位老师的心情了。教不出来，也许这个班的孩子就是教不出来。

我去找了校长，说明了自己的付出，也表明了自己的意思，这个班带不出来，希望把自己换掉。

校长听了有些生气，说道："如果每一个班都有这种情况，没有效果就放弃，那学校是不是就可以关门了？你还年轻，怎么就这么容易放弃，现在的年轻人都这么脆弱吗？有一点挫折就放弃，都是乌龟吗？只有乌龟遇到事才会躲起来。你这样一直躲，能躲一辈子吗？遇到困难就放弃，你就不会前进，那还哪有成功可言？放弃学生的老师是最不负责任的老师。但我觉得你不是，最近也有家长和我反映，他们非常喜欢你，认为你很负责，他们都说把孩子交给你放心，你现在放弃了对得起谁？要是不想干就直接辞职。我不想我的团队里有这么不堪一击的人。"

从校长室离开，虽然对校长严厉的话有些生气，不过也激发了我的斗志，的确，只有乌龟遇到事才会缩头，遇到困难就放弃，我什么时侯能够成长呢？

没有效果说明做的还不够，我又拿出更多自己的时间来辅导这些孩子，以前是把作业留下去让父母监督，现在是在学校先过一遍，保证学生在学校记住百分之八十。句型单词都要一个一个学生过，不放弃任何一个。一个学校是一个团队，一个班级也是一个团队，强大的团队必须要每个人都强大才行。

一个月没有进步，就坚持两个月，两个月不行就坚持三个月，没有翻不过去的山，没有蹚不过去的河。

终于，在我、家长们还有孩子们的共同努力之下，两个月后他们取得了很大的进步，单词测试正确率百分之八十，口语测试正确率百分之八十五，这是这个班级从来没有过的成绩。家长们很开心，校长很开心，我也很开心。

世上无难事，就怕有心人，最怕有一颗有勇气的心，有勇气面对困难，克服困难。轻言放弃不会成功，别尿，只有乌龟才会躲进壳里。躲避不是办法，勇敢面对才是上策。

经霜

作者：马浩

人间草木，菜蔬瓜果，一旦经霜，便由内而外地发生变化，变得内敛、温润、沉稳、朴厚、甘美，看着便让人觉得舒心。

删繁就简三秋树，树木经霜之后，树的神韵便出来了。

枫树经霜，枫叶从绿渐渐转赤，枫树便平添了几分神采，引得唐朝诗人杜牧停车观赏，感叹道，"霜叶红于二月花"。花，乃世人公认的美丽。世间大凡是美好的人物，大多以花譬喻，比如美人如花、白云朵朵之类。红枫比二月的鲜花来得更美，功劳无疑是枫树的经霜。与红枫相类的，还有乌桕、樱花树……樱花树经霜之后，叶子悄然染上殷红，妩媚俏丽，娴雅地在秋风里飘动着，楚楚可人，是五月里无论如何也不具备的韵致。

秋日银杏，在人们的印象里是树树金黄。其实，银杏叶黄的时候，节气已过了霜降，季节走到了冬的边缘，没有经霜的银杏叶，是不会平白无故变黄的。

大自然实在神奇，霜，字面看是雨的相貌，时差温差让它成了比雨更美的模样，它看上去严酷、冷峻，骨子里却有着济世的热心肠。银杏树经霜之后，有着温暖初冬的华美，与银杏树有着一拼的，黄栌算一个。

一叶知秋，梧桐树经霜后，微黄的阔叶已被秋风收走了，桐籽渐渐地成熟，一嘟嘟挂在苍劲的桐枝上。清夜，月色如银。躺在床上，望着窗外白纱般的月光，微风拂过，屋上响起"啪啪"的声响，如雨。我知道，那是桐籽落了。于是，披衣下床，来到院中，看着月光中的梧桐树的轮廓，如一张剪影，清简疏朗。

经霜的秋草，已呈赭黄，在寒风中簌簌作响。这样的景象，似乎要比远芳侵古道更具人生况味，让人联想到辛弃疾"斜阳草树，寻常巷陌"的悲怆，联想到范仲淹的"塞下秋来风景异""羌管悠悠霜满地"的苍凉，想到长空雁阵的旷远……

果蔬之中，青菜经霜后，口感变糯了，少了春夏的淡淡的酸苦，多了些许的甘美。大白菜经霜之后，开始抱心生长。大白菜不经过寒霜冻一冻，就无法储藏。夏天的大白菜，放上两天就会发黑变坏，是因为没有机会经过霜冻。山芋、萝卜等，无不如此。山芋、萝卜想要窖藏，必须要经霜之后。柿子不经霜，青涩硬艮；经过霜打，则色红如灯，汁肉软怡。

水瘦山寒，便是大自然的景致。若不经霜，味道也会大打折扣。经霜，意味着去掉浮华、夸张、虚佞、狂妄、伪饰，而变得简约、沉实、稳重、谦和、本真。夏虫不可以语冰。经霜，从某种意义上来说，也是一种历练。

物犹如此，人也应如是。

人也是要经霜的，人生不能太过顺利，就像一马平川的平原，一览无余，白开水一样寡淡无味。人不经历一些坎坷、曲折、挫折，不足以谈人生。尤其是现在，小孩子被家长宠着，要星星不给月亮，真可谓温室中的花朵，不能受半点波折。许多孩子因家长的一句高声大话，便会离家出走；因不能满足一己之私，便撒泼打滚；考试没考好，便寻死觅活，

207

怀疑人生。凡此种种，皆因没有经过世事风雨的洗练。

过去，曾有这么一句话："要做严寒中的松柏，不做温室中的花朵。"时过境迁，而今，这句话好像已过时，家庭条件好了，凭什么要让孩子吃苦？有些家长认为，父母吃苦打拼就是为了孩子以后不再吃苦，以为这就是爱。这一观点，表面上看无可厚非。但细究起来，就远不是那么一回事了。孩子有自己的人生路要走，而不是一辈子活在父母的背影里。

大凡历经沧桑的人，无论在哪里都气定神闲，为人处世举重若轻。而那些始终生活在"春天"的人，就像不能经霜的茄子，但凡有风吹草动，就蔫了。